Chère Lectrice,

Aimez-vous les surprises ? En offrir, en recevoir — qu'importe : seule compte cette légère euphorie, cette délicieuse excitation qui vous gagne au moment de remettre ou d'ouvrir le paquet mystérieux... C'est à cet instant magique que je songeais en composant le programme de ce mois de janvier... 2000. « A date exceptionnelle, programme exceptionnel ! » me répétais-je alors. L'événement, en effet, méritait qu'on s'y attarde : la fin d'un siècle, ce n'est pas si fréquent ! Et votre collection Azur se devait de la célébrer dignement. Relevant le défi, Anne Mather et Trisha David — deux de vos auteurs favoris — se sont attelées à la tâche, employant tout leur talent à la rédaction de ces merveilles de sensibilité et d'émotion que sont *L'époux retrouvé* (N° 1981) et *Les mariés de l'an 2000* (N° 1982). Je vous les livre aujourd'hui, joliment dissimulées sous leurs couvertures de papier, en espérant que vous les ouvrirez avec autant d'impatience que j'en ai à vous les offrir. Mais chut ! Puisque surprise il y a, vous ne saurez rien de plus...

Enfin, lorsque vous aurez satisfait votre curiosité, tournez-vous vers les six autres titres du mois, qui célèbrent, chacun à leur façon, la victoire de l'amour sur les revers du destin. Une leçon d'optimisme à méditer au moment d'entamer le prochain millénaire...

Bonne lecture et bonne année !

La Responsable de collection

Les Horoscopes Harlequin
vous donnent rendez-vous avec

l'an 2000

Qu'attendez-vous de l'an 2000 ?

Amour, travail, santé, rencontres passionnantes ou grands bouleversements, les Horoscopes Harlequin vous révèlent tout de votre année 2000 avec des **prévisions mois par mois** et ascendant par ascendant.

Nouveau

En cadeau, la méthode chinoise du **Yi King** pour répondre à toutes vos questions.

Les Horoscopes Harlequin
12 signes – 12 horoscopes

16,90 F *

* *Suisse : Sfr. 4.80 - Belgique : prix suggéré 115 FB*

En vente ce mois-ci.

Un cœur indomptable

CAROLE MORTIMER

Un cœur indomptable

COLLECTION AZUR

Cet ouvrage a été publié en langue anglaise
sous le titre :
YESTERDAY'S SCARS

Traduction française de
ANTOINE HESS

Toute représentation ou reproduction, par quelque procédé que ce soit, constitue-
rait une contrefaçon sanctionnée par les articles 425 et suivants du Code pénal.
© 1980, Carole Mortimer © 2000, Traduction française · Harlequin S.A.
83-85, boulevard Vincent-Auriol, 75013 Paris — Tél · 01 42 16 63 63
ISBN 2-280-04680-6 — ISSN 0993-4448

1.

— Enfin, tout cela est bien étrange, non ? s'exclama Linda d'un ton à la fois admiratif et envieux.

— Oui, je l'avoue, admit Hazel. Cette lettre était tellement inattendue... Ma vie va en être bouleversée, et je dois dire que cette perspective me laisse perplexe.

— Mais ce qui t'arrive est tellement excitant ! ajouta Linda, enthousiaste. Cela ressemble à une merveilleuse aventure !

Hazel ferma sa valise d'un coup si violent que les vêtements qu'elle y avait soigneusement rangés devaient maintenant se trouver dans un désordre affreux.

— Excitant peut-être, mais aussi très angoissant. Après trois ans de silence, je me trouve sommée de rentrer à la maison ; franchement, j'appréhende de me retrouver, du jour au lendemain, dans ce vieux manoir de Cornouailles...

— Quelle magnifique demeure pourtant ! Je me souviens des photos que tu nous a montrées quand tu es arrivée : une propriété familiale aussi vaste, comparée à nos modestes maisons américaines, c'est un véritable rêve !

— Rêve ou cauchemar, la frontière est parfois très mince, murmura Hazel, songeuse. Mais je n'ai pas le choix. Dépêchons-nous maintenant, le taxi doit nous attendre, ajouta-t-elle en empoignant fermement ses valises. Je ne voudrais pas manquer mon avion.

Pendant le trajet vers l'aéroport, Linda lui trouva l'air préoccupé.

— Est-ce la perspective de retrouver ton tuteur qui t'inquiète? Il s'appelle bien Rafe, n'est-ce pas, Rafe Savage? Un nom à faire rêver... C'est tellement romantique!

— Rafe n'est plus mon tuteur car je serai majeure dans quelques jours. Il s'est occupé de moi après la mort de mon père parce que je n'avais plus de famille. Ma mère était morte à ma naissance. Mais il n'a pas d'ordres à me donner pour autant! Il n'est d'ailleurs qu'un cousin par alliance.

— Mais alors, pourquoi te sens-tu obligée de rentrer en Angleterre? insista Linda.

— Rafe m'avait autorisée à me rendre aux Etats-Unis à la condition expresse que je revienne avant ma majorité. Personne ne songerait à enfreindre ses décisions, aussi n'ai-je pas d'alternative. Mais je me demande ce qui m'attend là-bas... En trois ans, tant de choses ont pu changer!

Linda la considéra d'un air envieux.

— Cela doit quand même être merveilleux de vivre dans une gentilhommière telle que celle de la famille Savage. On doit se croire dans un véritable conte de fées.

— Si l'on veut..., répliqua Hazel, une moue dubitative aux lèvres.

Elle se demandait quel accueil on lui ferait sur le Vieux Continent, et ne pouvait se défendre d'une certaine appréhension.

— Ton cousin n'est-il pas une sorte de lord issu d'une vieille famille anglaise, régnant en maître sur ses vastes terres?

— Oui, bougonna Hazel, c'est à peu près cela.

Elle redoutait par-dessus tout les retrouvailles avec Rafe, qu'elle avait connu si intransigeant, parfois si cassant ; son autorité n'admettait pas de réplique, et elle était la seule à lui avoir parfois tenu tête.

— Tu ne m'as jamais beaucoup parlé de ta famille, Hazel, mais j'ai toujours eu l'impression que tu faisais partie d'un autre monde. Et je ne songe pas seulement à la Grande-Bretagne, naturellement.

— Tu as raison, Linda, le monde des Savage est un monde à part.

— Qu'est-ce qui t'a poussée à venir aux Etats-Unis ?

— Il fallait que je quitte le cercle des Savage. J'étouffais. Quand l'occasion de venir travailler ici s'est présentée, je n'ai pas hésité un instant. C'était inespéré ! Aujourd'hui, j'avoue que je n'ai aucune envie de repartir.

Elle essuya une larme qui avait jailli à la pensée de tout ce qu'elle quittait : des amis chaleureux, une vie agréable, et un appartement accueillant, où elle s'était sentie enfin chez elle.

Linda lui passa chaleureusement le bras autour des épaules.

— N'oublie pas que tu peux toujours compter sur moi, assura-t-elle.

— Merci Linda, murmura Hazel.

Arrivées à l'aéroport, elles s'occupèrent d'enregistrer les bagages. Puis vint le moment de se séparer. Le cœur gros, Hazel fit un dernier signe de la main à son amie, puis gagna précipitamment la porte d'embarquement pour lui cacher ses larmes.

Lorsqu'elle prit place à bord de l'appareil, elle se réjouit que son siège fût situé près d'un hublot, et s'installa confortablement pour cette longue traversée de l'Atlantique. Dans quelques heures, elle allait retrouver la

9

maison de son enfance. Qu'allait-elle éprouver ? Elle avait tellement changé en trois ans ! Son regard serait-il différent ? Mais surtout, dans quel état d'esprit allait-elle retrouver son cousin Rafe ? Il était maintenant chef de famille et devait mener son monde de manière autoritaire, elle n'en doutait pas.

Entre Rafe et elle, les sujets de désaccord n'avaient pas manqué. Il y avait eu tellement de disputes et d'âpres discussions, à vrai dire, qu'elle avait finalement demandé à partir. Rafe ne s'était pas opposé à ce voyage. Il l'avait même accompagnée aux Etats-Unis pour s'assurer qu'elle y vivrait dans de bonnes conditions.

Allait-elle le trouver différent ? Elle se rappelait avec une précision extrême son visage énergique, ses cheveux noirs et épais, sa haute taille. Rafe Savage était bien dans la lignée des « Savaje », originaires d'Espagne, qui avaient émigré en Angleterre au XVIe siècle. Ses ancêtres avaient changé leur nom dès leur installation, lui conférant ainsi une consonance plus anglaise et moins râpeuse.

Rafe n'était pas à proprement parler son cousin — plutôt son cousin par alliance. En effet, lorsque Hazel avait deux ans, son père s'était remarié avec une cousine de Rafe. Dès lors, ils avaient passé toutes leurs vacances ensemble.

De cette époque, elle gardait à la mémoire un épisode douloureux qui lui rappelait toujours le caractère tyrannique de Rafe. Alors qu'elle avait cinq ans, elle s'était fait une entaille au genou et sanglotait misérablement en réclamant son père, quand Rafe, qui avait alors vingt-trois ans, s'était moqué d'elle méchamment, riant aux éclats. Il lui avait dit qu'une grande fille comme elle ne devait pas pleurer pour un si petit bobo. Depuis cet incident, elle se méfiait de lui, de son caractère despotique, intransigeant et dur.

A présent, l'avion surplombait l'Atlantique, la ramenant inexorablement vers ce manoir de vieilles pierres, situé sur une colline qui dominait la mer.

Elle avait passé des jours merveilleux dans cet endroit magique, tantôt dans le luxe de la vieille demeure familiale, tantôt dans la nature sauvage, sur les falaises surplombant l'océan tour à tour calme et déchaîné. Ses souvenirs oscillaient constamment de la poésie de ce magnifique bord de mer à l'amertume engendrée par les conflits avec la famille Savage, la sévérité de Rafe et l'animosité de sa sœur Celia.

L'avion amorçait maintenant son atterrissage, tandis que s'amplifiait l'appréhension de Hazel. Quelle serait l'attitude de Rafe en la revoyant ? Lui avait-elle manqué ? L'attendrait-il à l'aéroport ?

Y aurait-il seulement quelqu'un pour l'accueillir, d'ailleurs ? Elle avait prévenu les Savage de son retour, mais avaient-ils bien reçu son télégramme ?

En sortant de la grande salle où elle avait récupéré ses bagages, elle aperçut James, le chauffeur de la maison. Le fidèle James la connaissait depuis qu'elle était toute petite, et sa femme, Sara, qui s'occupait de la cuisine et de la maison, lui avait toujours témoigné beaucoup d'affection.

— James ! vous êtes là ! s'écria-t-elle, les larmes aux yeux.

Secrètement déçue de ne trouver personne de la famille, elle se sentait pourtant attendrie par la présence du vieil homme qui la regardait, les yeux brillant d'émotion.

— Mademoiselle Hazel !

Il la dévisageait, stupéfait, et la détaillait de la tête aux pieds avec un respect ému.

— Mon Dieu! Comme vous avez changé! Vous êtes devenue une vraie dame... J'ai eu peine à vous reconnaître!

— Je suis heureuse de vous revoir, James, dit-elle en entourant tendrement les épaules du vieil homme.

— Moi aussi! s'exclama-t-il. Le temps nous a paru long sans vous, mademoiselle Hazel. Vous nous avez manqué!

— J'aimerais qu'il en fût de même pour toute la maison, dit-elle avec ironie. Rafe n'est pas avec vous?

— En temps normal, il serait venu lui-même, vous pensez bien... Mais depuis son accident il ne sort plus guère. Heureusement, tout ça va changer maintenant que vous êtes revenue.

Hazel tressaillit, effrayée par ce qu'elle venait d'entendre.

— Son accident? Que s'est-il donc passé?

— Vous n'êtes pas au courant? s'étonna James.

— Mais non! Rafe a été blessé? Parlez, James! Est-ce grave? Personne ne m'a rien dit!

Elle se sentit pâlir et une sorte de vertige la gagna soudain tant le mot « accident » la heurtait.

— Je pensais que vous aviez été prévenue! s'exclama James.

Il prit le chariot à bagages et se dirigea vers la luxueuse Mercedes familiale, dont il ouvrit le coffre.

— Dites-moi ce qui s'est passé, James! insista Hazel. Dites-le-moi! Je veux savoir!

Rafe avait-il été victime d'un accident de voiture? Ou encore d'un accident de chasse? Etait-ce grave? Ils s'étaient souvent affrontés dans le passé, mais le savoir blessé la bouleversait.

James installa ses bagages dans le coffre et se tourna vers elle, l'air embarrassé.

— M. Rafe a été gravement brûlé à la suite d'une

12

explosion sur son bateau. Il ne s'était pas rendu compte que le réservoir d'essence avait une fuite, et quand il a voulu allumer une cigarette...

— Mon Dieu ! s'écria-t-elle avec effroi.

Elle imaginait le corps de Rafe déchiqueté par la déflagration, et cette vision lui fit tellement horreur qu'elle dut s'appuyer un instant sur le bras de James.

— Heureusement, aucun organe vital n'a été touché. La hanche a été atteinte, ce qui lui cause toujours une légère claudication, surtout lorsqu'il est fatigué. Mais c'est surtout...

James hésitait, cherchait ses mots, manifestement soucieux de la voir dans un tel état.

— Continuez, James, dites-moi la vérité.

— Il n'a pas perdu la vue, Dieu merci, mais le visage a été... atteint.

— Et personne ne m'a prévenue ! s'indigna-t-elle.

— Mlle Celia ne vous a donc pas écrit.

— Absolument pas. Je n'ai reçu aucune nouvelle.

Elle revit le visage de la sœur de Rafe, cette vipère mondaine et arrogante. Hautaine malgré sa petite taille, elle était si sûre de sa jeune beauté qu'elle se permettait les pires insolences à l'égard de quiconque lui faisait ombrage.

— Quand est-ce arrivé ? poursuivit-elle, encore sous le choc.

— Il y a environ un an, répondit James invitant Hazel à s'installer dans la voiture.

— Et depuis un an, personne ne m'a mise au courant, murmura-t-elle d'un ton amer. Décidément, Celia n'a pas changé.

Celia était une femme autoritaire et possessive, en particulier à l'égard de son frère, qu'elle ne laissait personne approcher. Elle n'avait jamais accepté que Rafe et leur mère prennent soin de Hazel à la mort de son père, répétant à qui voulait l'entendre que la petite fille n'était pas une vraie Savage, mais une étrangère qui n'avait pas sa place au sein de leur famille. Quand elle s'était mariée, Hazel avait été soulagée de la voir quitter la maison. Mais ce répit avait été de courte durée. Deux ans plus tard, Celia perdait brutalement son mari et réintégrait la demeure familiale. Entre-temps, Hazel était devenue une superbe jeune fille de seize ans, qui rougissait parfois en présence du beau Rafe, ce qui mettait Celia hors d'elle. L'année suivante, la mort de Mme Savage privait Hazel de sa seule véritable alliée dans cette famille hostile. A présent, le silence que Celia avait gardé à propos de l'accident de son frère lui prouvait qu'elle la tenait toujours pour sa rivale.

— Rafe a-t-il beaucoup souffert? reprit-elle d'un ton anxieux.

— Vous savez, mademoiselle, les brûlures sont toujours très douloureuses, mais vous connaissez M. Rafe. Il n'est pas du genre à se plaindre. Quand il a un problème, il serre les dents.

Elle se souvenait en effet de cette dureté de caractère, de cette ténacité constante chez Rafe. Comment avait-il survécu à ce drame? Etait-il complètement défiguré? Ces questions angoissantes se bousculaient dans son esprit, relayées maintenant par un terrible sentiment d'urgence, la hâte grandissante de se trouver auprès de lui.

— Nous arrivons, mademoiselle, annonça James, comme en écho à son impatience. Courez à la maison, je m'occupe de vos bagages.

Elle bondit de la voiture et, le cœur battant, monta les marches quatre à quatre, espérant rencontrer Rafe. Mais ce fut Celia qui croisa son chemin.

— Rafe n'est pas à la maison? s'enquit Hazel.

Elle était si émue qu'elle n'avait qu'un filet de voix.

— Merci, Hazel, je vais très bien, et toi? lança Celia d'un ton dédaigneux.

— Bonjour, Celia. Il n'est pas là ? répéta-t-elle avec inquiétude.

L'absence de Rafe ne présageait rien de bon. Pourquoi n'était-il pas là pour l'accueillir ? Cette attitude incompréhensible la blessait au plus profond d'elle-même. La personne qui aurait dû être la plus proche d'elle semblait vouloir l'ignorer. C'était trop douloureux, trop injuste. Elle retint les larmes qui lui montaient aux yeux afin que Celia ne puisse s'en réjouir.

— Rafe s'occupe du domaine. Il n'allait tout de même pas rester à la maison spécialement pour t'attendre. Il est très pris par nos affaires, comme tu le sais, et je ne pense pas qu'il se soucie particulièrement de ton retour.

La vipère était bien restée la même : fielleuse et malfaisante.

— Tu n'as pas changé, Celia. Je constate que tu es toujours pleine de bonnes intentions à mon égard.

Celia semblait ravie de cet affrontement et répliqua sans hésitation :

— Du moins sais-tu à quoi t'en tenir.

Son regard s'attardait sans retenue sur Hazel, détaillant sa tenue, ses cheveux, ses mains, son visage. Elle eut un sourire dédaigneux avant de poursuivre.

— James montera tes bagages. Pour ma part, je serai occupée tout l'après-midi, et je souhaite ne pas être dérangée. Quant à Rafe, j'aimerais que tu ne l'importunes pas lorsqu'il rentrera.

Hazel, refusant de se laisser désarçonner par l'animosité de sa cousine, prit son courage à deux mains et insista.

— Pourquoi ne m'as-tu pas avertie de son accident ? demanda-t-elle d'une voix plus assurée.

Celia la toisa méchamment.

— Ecoute-moi bien, Hazel. Rafe n'est plus le prince charmant de tes rêves de jeune fille, mais un infirme mar-

15

qué à vie, qui n'a que faire de l'adoration stupide que tu lui as toujours portée.

Déconcertée par une telle méchanceté, Hazel demeurait figée sur place.

— D'ailleurs, continua Celia, Rafe ne souhaitait pas particulièrement ton retour.

C'en était trop. Elle ne pouvait en entendre davantage. Fallait-il qu'à la fatigue du voyage s'ajoutât la nausée que suscitait en elle les remarques haineuses de Celia ?

— Tu es indésirable ici, martelait cruellement Celia. Tu nous déranges.

Hazel avait oublié, pendant ces trois années, à quel point Celia pouvait se révéler agressive. Cette ultime attaque la fit chanceler. Son épuisement était tel qu'un voile noir passa brièvement devant ses yeux.

— Je monte dans ma chambre, murmura-t-elle.

— Tu veux dire, dans la chambre d'amis.

— Si tu veux, acquiesça-t-elle dans un souffle. Dans la chambre d'amis.

Elle se sentait brisée.

Tandis qu'elle montait lentement l'escalier, elle songea que le caractère de Celia n'avait fait qu'empirer. Jusqu'à oser lui dénier le droit à sa propre chambre en la qualifiant de chambre d'amis ! Néanmoins, le plus douloureux restait l'absence de Rafe qui ne se montrait toujours pas. Etait-ce de la froideur ? Cherchait-il à la fuir ?

Elle s'approcha de la fenêtre et écarta les rideaux. La vue était magnifique. Par-delà l'étendue verdoyante des prés, la mer cognait contre les rochers, faisant jaillir des gerbes d'écume blanche. A gauche, une forêt d'arbres centenaires abritait la cabane de bois qu'elle avait construite quand elle était petite. Cet antre secret avait constitué durant des années son monde à elle, son domaine privé, où seul Rafe, qui avait guidé les travaux, était admis à entrer.

Un peu plus loin, le village de Trathen, composé d'une cinquantaine de maisons, faisait partie du domaine des Savage, qui dominait la région et couvrait une bonne partie de la campagne environnante.

Elle se souvenait des étés passés dans ce merveilleux pays. Les ardeurs du soleil blondissaient ses cheveux et donnaient à sa peau une teinte noisette qui suscitait l'admiration de tous, sauf, naturellement, celle de Celia, qui ne manquait jamais une occasion de lui décocher des piques.

On frappa à la porte. Elle sursauta, espérant un instant que ce fût Rafe.

— Voici vos bagages, mademoiselle Hazel, dit James.

Il entra dans la chambre, accompagné de Sara qui l'aidait à porter les valises.

— Sara, quelle bonne surprise ! s'exclama Hazel, en se précipitant à sa rencontre.

Elle était transportée de joie à la vue de cette vieille domestique qui avait jadis été si bonne pour elle, toujours prompte à consoler ses chagrins d'enfant.

— Toujours en forme, à ce que je vois, lança-t-elle d'une voix taquine en tendant les bras vers la cuisinière aussi gironde que souriante.

— Et toi, Hazel, toujours mince comme un fil, rétorqua Sara en riant.

Depuis des années, leurs tours de taille respectifs étaient un sujet de plaisanterie inépuisable.

— J'ai l'impression que tu as maigri. On ne t'a pas nourrie en Amérique ?

Hazel éclata de rire.

— Si, mais la cuisine de là-bas est bien moins appétissante que la tienne, ma chère Sara.

Pendant que James et Sara installaient ses bagages, ses

pensées revenaient sans cesse à Rafe. S'il était quelque part sur le domaine, comme l'affirmait Celia, il pouvait tout de même délaisser ses affaires quelques instants pour venir la voir ! Elle s'en voulait d'être à ce point affectée par cette absence — délibérée ou non.

Après le départ du couple, elle prit une longue douche, savourant la tiédeur de l'eau sur sa peau, fermant les yeux sous le jet qui l'aspergeait et lui faisait oublier sa fatigue. Ensuite, elle choisit une fine robe de coton blanc qui faisait ressortir son bronzage, chaussa des sandales de corde assorties, puis brossa soigneusement ses cheveux et les attacha avec un ruban blanc.

Elle ne croisa personne dans l'escalier de la grande maison, et se retrouva dans le jardin, gambadant au soleil.

Sans qu'elle y prît garde, ses pas la conduisirent vers le petit sentier rocailleux qui menait à la crique de son enfance. Sa vieille cabane tenait toujours debout. Les intempéries avaient délavé le bleu des planches, mais dans l'ensemble, elle avait bien résisté.

Elle poussa la porte, le cœur battant. Le temps aurait-il préservé les souvenirs du passé ?

Les gonds étaient rouillés, mais elle constata avec soulagement qu'à l'intérieur rien n'avait changé. Le petit lit, la table minuscule, quelques photos jaunies, épinglées sur les planches... Tout était intact. Emue, elle se souvenait des nuits passées là, autrefois, telle Robinson Crusoé, indépendante et heureuse, ses rêves bercés par la musique de la mer dont les vagues battaient régulièrement les rochers.

Une des photos avait été prise lorsqu'elle avait quatorze ans. On la voyait, à côté de Rafe, tous deux souriant de toutes leurs dents... C'était avant les conflits et les disputes. Avant, avant... « Je ne fais que ressasser le passé, songea-t-elle en balayant la photo d'un revers de la main. Pourquoi ne pas faire un saut jusqu'à l'école primaire, pour voir si mon amie Trisha enseigne toujours aux garnements du village ? »

Elle sortit de la cabane et retrouva le chemin familier de l'école.

— Trisha !

— Hazel, c'est toi !

Hazel était entrée discrètement, sans faire de bruit. Son amie d'enfance était en train de ranger les livres et les cahiers de ses petits élèves.

— Quelle bonne surprise ! Je croyais que tu étais aux Etats-Unis !

— Je suis rentrée.

— Quand donc ?

— J'arrive à l'instant. Je n'ai pris que le temps d'une douche, d'un petit pèlerinage jusqu'à mon cabanon, et me voici ! Ma première visite est pour toi !

Trisha se jeta dans ses bras, émue de retrouver son amie.

— Comme je suis heureuse de te revoir ! Tu m'as manqué, tu sais.

— Toi aussi, Trisha, tu m'as manqué. J'ai souvent pensé à toi. Tes lettres m'ont fait plaisir, et je suis contente de tes résultats d'examens... Te voici enseignante dans l'école où nous étions élèves ! Le monde poursuit sa course, mais dans notre petit coin de Cornouailles, rien ne bouge !

— C'est vrai. Il risque d'y avoir du changement cependant, car l'école est menacée de fermeture. L'administration essaye de faire des économies et pratique des regroupements. Certaines écoles disparaissent. En ce qui nous concerne, Rafe se démène comme un beau diable. Grâce à lui, pour cette année au moins, nous sommes autorisés à continuer d'enseigner.

— Heureusement, s'écria Hazel, ce serait trop triste de voir notre vieille école fermée.

Soudain mélancolique, elle se revit lorsqu'elle était toute petite sur ces mêmes bancs d'école.

— Rafe a été formidable, poursuivit Trisha. Il s'est vraiment battu pour nous.

— Et Celia? interrogea Hazel d'un ton prudent. A-t-elle contribué, elle aussi, au sauvetage de notre vieille école?

Le visage de Trisha se rembrunit.

— Celia, c'est Celia, dit-elle en haussant les épaules.

Hazel n'avait pas besoin d'en entendre davantage pour comprendre que la sœur de Rafe se désintéressait de l'école.

Trisha posa une pile de cahiers sur une étagère et se tourna vers elle, hochant la tête.

— C'est terrible, ce qui est arrivé à Rafe, n'est-ce pas?

— Oui, renchérit Hazel d'une voix troublée, c'est affreux.

Elle n'osait pas avouer à son amie qu'elle n'avait pas encore vu Rafe.

— Cet accident qu'il a subi est épouvantable.

Trisha approuva en fermant un instant les yeux avec une grimace de douleur.

Hazel, à cet instant, comprit que Rafe avait été très sérieusement touché. Le rictus de son amie exprimait le drame qu'avait vécu le malheureux.

— Au début, expliqua Trisha, lorsque les cicatrices étaient encore vives, son visage était réellement effrayant. Je me demandais s'il allait pouvoir garder figure humaine. Puis les balafres se sont atténuées. Elles ont apporté à son visage un supplément de charme. J'irais même jusqu'à dire, de virilité. Rafe est devenu, à mon avis, encore plus séduisant.

Hazel, éberluée, se demandait comment des cicatrices pouvaient ajouter à la séduction de quelqu'un, mais elle évita de s'appesantir sur ce sujet, afin que son amie continue d'ignorer qu'elle n'avait pas encore vu Rafe.

— Mais si tu l'avais vu au début, c'était affreux. Il était défiguré ! ajouta Trisha.

Hazel sentit un frisson la parcourir.

— Etait-il enlaidi à ce point ? demanda-t-elle d'un ton mal assuré.

— Absolument ! lança une voix grave, derrière elle.

Hazel se figea, le cœur battant. Elle avait l'impression que ses jambes ne la portaient plus. Rafe était là, juste derrière elle, et elle était incapable de tourner la tête. Une force obscure l'empêchait de faire tout mouvement. Elle avait l'impression que son corps tout entier était pris dans une masse de plâtre, qui se solidifiait et la paralysait.

— Eh bien, dit-il d'une voix rude, on ne veut pas se retourner pour dire bonjour, en voilà des manières !

Le ton était à la fois grondeur et ironique. Hazel savait qu'elle devait se retourner vers lui, lui faire face, le regarder droit dans les yeux...

Mais elle ne pouvait pas. Elle était pétrifiée.

— Alors, on ne dit même pas bonjour à son vieux cousin ? insista Rafe.

« Retourne-toi, Hazel, lui criait une voix impérieuse en son for intérieur. Si tu persistes à lui tourner le dos, il va croire que tu refuses de le regarder. »

Il fallait qu'elle tourne la tête. Mais qu'allait-elle découvrir ? Un étranger ? Un monstre, peut-être ?

2.

Hazel prit une longue inspiration et se tourna vers Rafe, les épaules raidies par une tension extrême. Le premier choc fut de retrouver cette sorte de gaieté vive, insolente, presque provocante, dans son regard bleu. Elle avait oublié la nuance de ce bleu, si particulier, si profond.

Puis elle vit la longue cicatrice qui barrait sa mâchoire, remontant de la bouche à l'œil gauche, miraculeusement épargné par l'explosion. N'était-ce que cela?

Elle s'était attendue à pire.

La balafre donnait à Rafe un aspect rude, un air d'aventurier, qui la fit songer aux flibustiers des bandes dessinées de son enfance, virevoltant parmi les vergues, le couteau serré entre les dents. Leurs visages étaient terribles, couturés de multiples cicatrices, traces orgueilleuses de batailles, de combats à l'arme blanche.

Oui, Rafe ressemblait à un de ces pirates d'autrefois, et sa blessure, loin de le défigurer, lui donnait un air farouche, un charme supplémentaire, ainsi que l'avait justement observé Trisha.

Il lui paraissait immense, ainsi campé devant elle, les bras croisés sur son torse puissant.

— Tu ne veux vraiment pas dire bonjour? répéta-t-il d'un ton narquois.

23

Elle était fascinée par ce regard perçant, par ce petit sourire en coin qui faisait légèrement remonter sa cicatrice.

— Hello, Rafe, murmura-t-elle enfin, troublée jusqu'au plus profond d'elle-même par la force de l'émotion inattendue de leurs retrouvailles.

Il leva les yeux au ciel dans une attitude théâtrale, simulant un tragique abattement.

— O ciel! s'exclama-t-il, imitant la voix d'un acteur qui aurait travaillé chaque intonation de sa voix, chaque timbre de son registre. Après trois ans d'absence, elle revient, et, en guise de salutation, me gratifie d'un pauvre petit « hello », mollement prononcé avec, comble de l'abomination, l'accent américain!

Il porta la main à ses yeux, comme pour chasser la vision infernale de l'indigne créature qui venait de commettre l'inconcevable : s'adresser à lui, en son domaine de Cornouailles, avec l'accent yankee.

— C'est faux! protesta-t-elle, scandalisée, je n'ai pas l'accent américain.

— Une pointe seulement, admit-il, mais c'est encore trop. Une chose est sûre, en tout cas : ton accueil est plutôt réservé.

Elle se redressa, blessée par la critique qui lui était faite.

— Vraiment! Faut-il que je me prosterne, que je te baise les pieds? ironisa-t-elle.

Il éclata de rire et s'approcha d'elle.

— Un baiser serait préférable à cette froide distance, tu ne crois pas?

Il se tenait tout près d'elle, et elle pouvait sentir son odeur mâle et épicée. De sa peau émanait un parfum de lande et de bruyère, une impression de santé, puissante et masculine. Décidément, rien n'avait changé! Elle reconnaissait ce trouble délicieux, ce frémissement familier qui parcourait son corps. Tout ce qu'elle avait cru pouvoir oublier...

Elle tenta de se ressaisir, consciente qu'il attendait une réponse. Le silence se faisait palpable dans la salle de classe désertée par Trisha. En amie délicate celle-ci s'était discrètement retirée, les laissant à leurs retrouvailles.

Rafe dut se méprendre sur ce mutisme prolongé. Il plongea son regard dans le sien et passa un doigt sur la cicatrice qui barrait son visage.

— C'est cela qui t'impressionne ? interrogea-t-il, ombrageux.

Elle ne put que hocher la tête, désespérant de pouvoir le rassurer. Elle ne se sentait nullement choquée par cette marque à laquelle elle avait déjà commencé à s'habituer, comme on s'habitue aux petites imperfections du visage d'un être aimé. Mais comment le lui faire comprendre ?

— Pas très décoratif, n'est-ce pas ? insista-t-il. Je ne suis guère beau à voir, dis-le franchement !

Elle hocha de nouveau la tête, d'une manière plus ferme. Décidément, le malentendu s'installait entre eux. Elle se devait de le dissiper au plus vite.

— Je ne pensais pas que tu étais homme à t'apitoyer sur ton sort, risqua-t-elle pour couper court à cette surenchère morbide.

— Je ne pleurniche pas, rétorqua-t-il brusquement. J'essaie simplement d'être réaliste !

— Allons, n'exagère pas, Rafe. Tu as une petite cicatrice...

— Une « petite » cicatrice ! Chaque fois que je croise mon image dans un miroir, je vois une balafre qui me fend la moitié du visage !

— Tu exagères, insista-t-elle. Les traces de ton accident sont loin d'être dramatiques.

Il lui tourna le dos, comme pour marquer son refus de poursuivre plus avant.

Elle abaissa son regard sur ses jambes blessées.

— On m'a dit que tu boitais un peu ? interrogea-t-elle d'un ton hésitant.

— De temps à autre, oui. Surtout quand je suis fatigué. J'ai parfois l'impression d'être le Quasimodo de *Notre-Dame de Paris*. Il ne me manque que la bosse, et je serais parfait pour le rôle !

Elle eut un rire amer, car elle percevait toute la douleur dissimulée, par fierté, derrière l'ironie de ses paroles.

— Allons, Rafe, tu n'es pas laid, tu le sais bien.

— Inutile de me ménager ! Je sais à quoi m'en tenir sur mon apparence, et je ne veux pas qu'on me rassure avec des phrases toutes faites.

— Mais...

Elle ne voyait quels arguments lui opposer pour le convaincre de sa sincérité. De toute évidence, il s'était buté !

— Parlons un peu de toi, suggéra-t-il, manifestement désireux de changer de sujet. Es-tu contente de ton voyage aux Etats-Unis ?

Elle fit un geste évasif qui pouvait tout signifier. Son esprit était ailleurs, car elle s'inquiétait, non pas de l'état physique de Rafe, mais de la manière dont il réagissait face à sa blessure.

— Ton séjour sera-t-il de courte durée ou vas-tu rester quelque temps parmi nous, demanda-t-il, son regard bleu rivé au sien.

Elle s'humecta les lèvres, indécise.

— Je ne sais pas encore. Cela dépend de toi, non ?

Il haussa les épaules.

— Dans moins de trois semaines, tu auras vingt et un ans. Alors, selon nos accords d'autrefois, c'est toi qui prendras en main ta destinée. Il ne sera plus en mon pouvoir d'influencer tes choix ou de te dicter ta conduite... Tu seras une femme libre !

Elle sourit à cette perspective.

— Je ne me suis pas spécialement sentie en prison durant ces années où tu avais la charge de veiller sur moi.

— Merci, dit-il avec chaleur.

Sa voix s'était radoucie. Il paraissait même joyeux, tout à coup.

— Sortons d'ici, reprit-il. Je n'ai jamais beaucoup aimé les salles de classe. A vrai dire, j'en garde un souvenir plutôt désagréable. Ce que j'ai toujours préféré, à l'école, c'était l'école buissonnière : m'échapper de la prison et piquer une tête dans la mer !...

— Il paraît pourtant que c'est grâce à toi que cette vénérable maison existe encore. Je me suis laissé dire que tu étais un véritable bienfaiteur !

Il eut un petit rire gêné.

— Du moment que je n'ai plus l'obligation de m'y rendre, je veux bien tenter de sauver cette école. Après tout, il y a des gens qui aiment ça... et d'autres pas, ajouta-t-il d'un air mutin.

— Il est tout de même indispensable que les enfants apprennent à lire et à écrire, protesta Hazel.

— Je comprends parfaitement cela, même si je n'ai jamais été un élève modèle. Vois-tu, Hazel, ce qui m'importe, c'est que les enfants apprennent, en effet, à lire et à écrire, mais surtout qu'ils puissent le faire dans un cadre tel que celui-ci, en pleine nature, près de la mer. Qu'ils soient préservés de ces horribles villes aux sinistres couloirs de béton engorgés de voitures où les gens font la course du matin au soir.

Elle comprenait son aversion, ayant elle-même vécu au contact de la nature, au bord de la mer, quand elle était petite. Et plus tard, dans des villes parfois hostiles. Elle se sentait profondément attachée aux choses de la terre, de la mer et du ciel. Elle aussi détestait les univers de béton qui déshumanisent les individus.

— Rien ne remplacera jamais la nature dans l'éducation des enfants, poursuivit-il avec fougue. C'est cette conviction qui me pousse à me battre pour que cette école de campagne continue d'exister, et pour que le domaine familial soit préservé.

Elle eut envie de lui sauter au cou, heureuse de le voir animé d'une telle passion. Mais elle se retint, car elle sentait bien que la glace n'était pas totalement rompue entre eux. Son enthousiasme même lui paraissait cacher une angoisse plus profonde. D'ailleurs, son visage s'était soudain rembruni.

— Pourtant, ajouta-t-il d'un air sombre, je sais que, si je venais à disparaître, le domaine serait vendu. C'en serait fini de cette merveilleuse propriété familiale.

— Crois-tu que Celia vendrait la maison? s'indigna-t-elle.

— J'en suis sûr. La maison et les champs. Les acheteurs se précipiteraient et Celia n'aurait aucun scrupule à faire monter les enchères. Je la connais suffisamment bien pour ne pas me bercer d'illusions à son sujet.

Il soupira et son regard si bleu se fit soudain accusateur.

— Enfin, je ne suis pas encore mort, n'en déplaise à certains...

Hazel crut percevoir comme un sous-entendu dans cette phrase terrible. Elle se sentit mal à l'aise, comme s'il lui reprochait secrètement quelque chose.

— Rafe, pourquoi me regardes-tu ainsi? protesta-t-elle. On dirait que tu m'en veux! Qu'ai-je donc fait?

Il hésita un instant et lança :

— Rien, justement! Tu ne t'es pas manifestée lorsque j'ai eu mon accident, et j'ai trouvé cela quelque peu décevant.

— Mais je n'ai pas été avertie, protesta-t-elle avec véhémence. D'ailleurs tu ne m'as pas fait signe non plus!

Elle se sentait à la fois meurtrie et révoltée par tant d'injustice.

— Comment l'aurais-je pu? répliqua-t-il sèchement. J'étais allongé sur un lit d'hôpital, dans une unité de soins intensifs, incapable de parler, de bouger, et couvert de pansements de la tête aux pieds... Comment voulais-tu que je te prévienne? Crois-moi, poursuivit-il d'un ton désabusé, j'ai eu tout le temps nécessaire pour réfléchir, pour m'interroger sur les raisons de ton silence. J'ai longuement pensé à toi, qui m'ignorais, dans tes Amériques. Je t'imaginais prenant du bon temps, sans te préoccuper du vieux Rafe qui avait explosé sur son bateau!...

— Rafe! Cela ne s'est pas du tout passé comme ça! s'écria-t-elle.

— Peu importe, lança-t-il. Tu m'as oublié, un point c'est tout. Et dès que nous en aurons terminé avec les formalités de ton héritage, tu seras libre de repartir!

Elle chancela sous le coup, comme si elle avait reçu une flèche en plein cœur. C'était trop injuste. Elle sentit que ses yeux se remplissaient de larmes.

— Rafe, tu ne m'as pas comprise, articula-t-elle, la voix tremblante, je n'ai...

— Non, s'obstina-t-il, je ne veux plus te voir.

Il tourna le dos et s'éloigna à grandes enjambées, la démarche entravée par une légère claudication.

Elle aurait voulu le retenir, lui expliquer comment les choses s'étaient réellement passées, lui dire que Celia ne lui avait jamais écrit... Mais l'aurait-il crue? C'était la parole de Celia contre la sienne, et la perfide avait un avantage sur elle : elle ne s'était pas absentée pendant trois ans.

*
**

Déconcertée, désespérée, abattue, Hazel ne savait que faire. L'attitude de Rafe l'attristait profondément. Comment pouvait-il se montrer si dur ?

Elle sortit de l'école et, mue par le besoin de parler à quelqu'un, se rendit chez les parents de Trisha. Sylvia Marston, la mère, l'accueillit en l'embrassant.

— Quel plaisir de te revoir, Hazel. Il y a si longtemps... Mais tu as l'air bien triste. Que se passe-t-il ?

Hazel lui raconta la scène qu'elle venait de vivre et l'amertume qu'elle en ressentait.

— Tout cela est la faute de Celia, expliqua Sylvia. Cette femme a le don de se mettre tout le monde à dos. Elle est absolument insupportable. Ce que tu me dis à propos de son « oubli » ne m'étonne pas. Elle est jalouse, possessive, et ne supporte pas que quiconque, et en particulier son frère, s'intéresse à d'autres qu'elle.

Trisha fit soudain irruption, vêtue d'une tenue de tennis, et portant un sac de sport.

— Ça te dirait de taper un peu la balle ? demandat-elle d'une voix enjouée.

Hazel hésita, car elle ne se sentait pas d'humeur à disputer une partie de tennis. La scène avec Rafe l'avait brisée, et elle n'avait plus envie de rien.

— Désolée, Trisha, mais je ne pense pas être en état de jouer...

— Allons, Hazel, fais-moi plaisir : accompagne-moi, s'il te plaît.

Ne voulant pas décevoir son amie, elle soupira et finit par accepter. Après tout, pourquoi ruminer indéfiniment ses idées sombres ? Aussi bien, mieux valait oublier tout cela un moment.

Le club de tennis local ne ressemblait ni à Roland-Garros, ni à Wimbledon. Cinq ou six courts, une salle de squash, une petite piscine, et, bien sûr, l'indispensable bar où les joueurs pouvaient raconter à leur guise toutes les parties qu'ils avaient failli gagner.

C'est là qu'elles retrouvèrent les frères Logan. Plutôt jolis garçons, Mark et Carl se ressemblaient tellement qu'on les prenait pour des jumeaux. Hazel se dit qu'ils devaient pourtant avoir un ou deux ans d'écart.

— Trisha, s'exclama Mark, que dirais-tu d'une partie avec moi ?

— C'est que... nous sommes deux, répondit Trisha en posant sa main sur l'épaule de Hazel.

— Alors, un double mixte ! proposa-t-il d'un ton décidé.

Trisha interrogea son amie du regard.

— Je crains d'être un peu rouillée, protesta Hazel, hésitante.

— Même si vous êtes rouillée, énervée, épuisée, anémiée, de mauvaise humeur, soucieuse, cafardeuse ou mélancolique, je suis sûr que nous allons écraser ces amateurs, railla Carl.

Hazel, bien que séduite par le dynamisme et la fougue de Carl, hésitait encore.

— Mais je n'ai pas emporté mes affaires de tennis...

— Nous avons ici tout ce qu'il faut, dit Trisha. Allons, viens, nous allons nous amuser !...

— « Nous amuser » ? s'exclama Carl. Certainement pas. Je vous promets un match sévère ! Nous allons vous aplatir en deux sets gagnants, service-volée, lifts, lobs, smashes, amortis, illico presto et tutti quanti.

Mark adressa un clin d'œil à Trisha.

— Quand il se risque ainsi à parler italien, c'est qu'il cherche à nous intimider ; mais je ne suis pas dupe, je connais trop mon frère !

Carl le toisa, l'œil noir.

— Relève le défi, si tu es un homme.

Mark partit d'un grand rire et se tourna vers Trisha.

— Alors, ce double mixte, ça te tente?

— Absolument, répondit-elle avec entrain. Allons-y, et que les meilleurs gagnent!

— Les meilleurs, c'est nous! s'écria Carl en prenant Hazel par l'épaule.

Ils trouvèrent un court inoccupé et se préparèrent. Carl sautillait sur place pour s'échauffer, décidé à donner le meilleur de lui-même. Mark, plus nonchalant, souriait à Trisha d'une manière tendre qui n'échappa pas à Hazel.

Le tirage au sort désigna l'équipe Trisha-Mark pour le service. La première balle de Mark, tel un boulet de canon, traversa le court et fut stoppée par le grillage. Le jeune homme esquissa une grimace d'excuse en direction de Trisha et servit une deuxième balle, soigneusement brossée, qui rebondit dans le carré adverse. Hazel la renvoya de toutes ses forces, l'expédiant dans un angle inaccessible.

— Bravo, admira Carl. Très joli coup, du grand art. Zéro à quinze!

Malgré les services-canons de Mark, la paire Hazel-Carl remporta le premier jeu, et tout le monde changea de côté.

Carl était pour elle un partenaire idéal. Tantôt il lui lançait des regards admiratifs, tantôt il brandissait le poing d'un air résolu, aussi attentif à ses meilleures balles qu'à ses moments de découragement. De plus, la détermination enfantine du jeune homme l'amusait : il jouait vraiment cette partie comme si sa vie en dépendait!

Ils étaient tous joyeux et pleins d'entrain. Hazel n'aurait su rêver meilleure compagnie! Parfois, lorsqu'un point était contesté par l'adversaire, ils s'arrêtaient et se chamaillaient. Mais ces disputes n'étaient jamais sérieuses, et même souvent ponctuées de fous rires. Très vite, la partie reprenait, et chaque équipe se donnait à fond.

Finalement, sans avoir jamais été vraiment mis en difficulté par Mark et Trisha, ils gagnèrent le deuxième set et, après une bonne douche, les quatre complices s'empressèrent de se retrouver au bar. Carl se pavanait, décrivant leurs coups gagnants avec force détails. Mark souriait, Trisha l'observait amoureusement du coin de l'œil, et Hazel, le cœur lourd, pensait à Rafe.

Ils se quittèrent devant le club sur la promesse de parties futures, et Hazel reprit à contrecœur la direction du manoir des Savage. Elle craignait à la fois Celia et Rafe. Qui allait-elle affronter en premier ?

Tandis qu'elle s'engageait dans l'allée de la somptueuse maison, elle songeait à l'invitation des frères Logan. Carl était un gentil garçon qui lui rappelait son flirt avec Josh, ce jeune Américain qui lui avait fait la cour. Elle n'était pas très attirée par le jeune homme, mais elle trouvait ces deux frères sympathiques et avait accepté leur proposition de se retrouver tous les quatre le lendemain pour aller prendre un verre et danser. Leur gaieté communicative lui avait redonné des forces pour affronter les sombres personnages du manoir.

Celia, justement, l'attendait sur le perron.

— Ah, te voilà ! lança-t-elle d'un ton aigre.

— Eh bien, oui, me voici, répondit Hazel d'une voix calme.

Elle n'avait pas envie de se chamailler avec Celia et se dirigea vers sa chambre.

— Rafe désire ne pas être dérangé, ajouta Celia d'un ton autoritaire.

— Mais je n'ai nullement l'intention de le déranger. Je l'ai déjà vu tout à l'heure.

Elle vit la lueur de dépit dans les yeux de Celia.

— Il n'est plus aussi agréable à regarder qu'auparavant, n'est-ce pas, avec ses cicatrices hideuses.

Hazel avait envie de lui rétorquer que c'était elle qui était hideuse. Extérieurement ravissante, mais d'une laideur intérieure que peu de femmes atteignent. Jamais elle n'avait rencontré une telle vilenie chez un être humain. Mais elle s'abstint de tout commentaire, voulant éviter une confrontation qui n'aurait mené à rien.

— Maintenant qu'il est défiguré, je suppose que ton béguin pour lui a disparu comme par enchantement! renchérit Celia avec un sourire mauvais.

Stupéfiée par une telle arrogance, Hazel ne sut d'abord que répondre, puis se reprit :

— Je ne comprends pas ce que tu veux dire.

— Ne fais pas l'innocente, grinça Celia. Autrefois déjà, il suffisait de te regarder pour se rendre compte que tu étais amoureuse de lui.

Déstabilisée par la remarque, elle dut toutefois convenir que Celia, fine mouche, savait mettre le doigt sur les points douloureux.

— Tu es ridicule! protesta-t-elle d'une voix mal assurée.

— Mais aujourd'hui, les choses sont différentes. Tu as perdu tout intérêt pour un héros sorti d'un film d'horreur...

Les mots jaillissaient des lèvres de Celia comme du venin.

— Quelques cicatrices sur un beau visage, et adieu les élans amoureux de mademoiselle!

C'en était trop! il fallait rabaisser le caquet de cette perfide créature qui n'avait que la méchanceté à la bouche.

— Tu es odieuse! s'écria-t-elle, enflammée par la colère. Tu es une femme détestable et cruelle!

Celia la toisa avec mépris.

— Et toi, tu es insupportable. Tu as toujours été le parasite de la maison, et je ne souhaite qu'une chose : que tu disparaisses au plus vite!

— Tu peux être rassurée : je ne tiens pas à m'attarder dans un endroit où ma présence est si mal venue.

— Alors pourquoi es-tu restée si longtemps dans ma famille, pourquoi t'es-tu incrustée de la sorte, si ce n'est parce que tu étais amoureuse de Rafe ?

La colère étouffait maintenant Hazel.

— Tu n'es qu'une stupide mégère ! Je vais préparer mes affaires et reprendre l'avion pour les Etats-Unis, puisque je suis indésirable !

— Rafe va certainement insister pour que tu restes jusqu'à ton anniversaire, mais après : bon voyage ! Et d'ici là, ne viens pas traîner dans les pattes de mon frère !

— Mais qu'est-ce que c'est que ce vacarme ? s'écria Rafe d'une voix puissante.

Il venait de surgir hors de son bureau et avait l'air extrêmement contrarié.

— Vous vous disputez comme des chiffonnières... On doit vous entendre depuis l'autre bout du parc ! Quelle honte !

Hazel baissa les yeux, se sentant prise en faute : Rafe avait-il entendu sa dernière phrase ?

Celia, telle une anguille, se rapprocha de son frère avec un air candide.

— Ne me prends pas pour un idiot, s'exclama Rafe en la repoussant sans ménagement. Je sais bien que c'est toi qui as provoqué la dispute.

Le visage tendu, rendu encore plus impressionnant par la saillie que dessinait sa cicatrice, il semblait hors de lui.

— Viens avec moi, Hazel, j'ai à te parler.

Surprise et inquiète, elle s'avança, tout en se demandant ce qu'il pouvait bien avoir à lui dire. Le ton qu'il employait ne présageait rien de bon. Allait-elle encore devoir subir des reproches ?

— Maintenant ? interrogea-t-elle.

— Oui. Suis-moi.

L'inflexion autoritaire ne laissait place à aucune réplique.

— Immédiatement, ajouta-t-il.

Intriguée, elle l'accompagna jusqu'à son bureau. Dans la pièce confortable, où elle avait passé tant d'heures autrefois, rien n'avait changé. Les meubles, les livres, les objets, tout était resté comme par le passé.

— Assieds-toi, ordonna-t-il.

Elle prit place dans un fauteuil et lui fit fièrement face, le défiant du regard.

— Ne prends pas cette attitude avec moi, prévint-il, menaçant. Je n'aime pas ça.

— Tiens donc ! s'étonna-t-elle. Seuls les Savage ont le droit d'avoir du caractère ?

— Je te rappelle que tu es une Savage.

— En aucune manière. Je m'appelle Hazel Standford.

— Peut-être, mais ton tempérament est celui d'une Savage.

— Qu'entends-tu par là ? interrogea-t-elle.

Elle était décidée à se défendre jusqu'au bout.

— Tu es fière, orgueilleuse, et tu réagis comme une vraie Savage.

Percevant une lueur d'admiration dans ses yeux, elle sourit. Il lui sembla que la tension s'était soudain relâchée entre eux. Tout à coup elle se rappelait les jours heureux d'autrefois, lorsqu'ils étaient proches et complices.

Le silence s'était installé dans la pièce. Les reflets des meubles vernis brillaient dans la pénombre. Hazel eut soudain envie d'ouvrir son cœur, de parler librement, de raconter à Rafe tout ce qu'elle avait vécu depuis qu'elle était partie.

— Rafe, tu sais..., murmura-t-elle.

— Je t'écoute, dit-il d'une voix douce.

Un trop-plein d'émotion l'envahit, et elle se mordit la lèvre pour ne pas pleurer.

— Tu m'as manqué, avoua-t-elle.

— Tu pouvais toujours revenir. Cette maison est la tienne, dit-il presque tendrement.

Tout cela était loin, hélas! Hazel hocha tristement la tête. Elle redécouvrait le Rafe de son enfance, attentif et patient.

— Tu ne m'as jamais écrit, Rafe, à peine une carte pour Noël et mes anniversaires.

— Je n'avais vraiment pas le temps de répondre à tes lettres. Il ne faut pas m'en vouloir. Mais raconte-moi plutôt ton voyage. As-tu aimé les Etats-Unis?

— Oui et non.

Elle aurait aimé lui en dire plus, mais sa question était formulée de façon si conventionnelle qu'elle renonça, pour l'instant, à lui raconter ce qu'avait été sa vie là-bas.

— Tu as eu des petits amis?

Elle songea à Josh, et se dit qu'il l'avait sans doute déjà remplacée. Leur liaison n'avait duré que quelques semaines, une histoire gentillette, sans lendemain.

— Non, répondit-elle. Rien de sérieux.

— Donc, si je comprends bien, personne ne t'attend là-bas?

— Je n'avais pas vraiment l'intention de repartir. En fait, je comptais chercher un travail à Londres.

— Pourquoi, ne trouverais-tu pas un emploi ici, dans la région? Ainsi tu pourrais rester vivre au manoir.

Elle le regarda, interloquée.

— Mais... tu m'as pourtant dit qu'il fallait que je parte, s'étonna-t-elle.

— Eh bien, fais-tu toujours ce que je te dis?

— Non, admit-elle en riant.

— Alors oublions tout cela et parlons sérieusement. La gestion du domaine est devenue très lourde pour mes seules épaules. J'ai songé que tu pourrais me seconder de façon très efficace, car tu en as les compétences. Pour ce qui est de notre dispute, crois bien que je regrette mon emportement. Je te demande de ne pas m'en tenir rigueur, et de réfléchir à ma proposition.

— Celia est-elle au courant ?

— Ne t'occupe pas d'elle. Je sais que vous ne vous êtes jamais bien entendues. Disons qu'il s'agit d'une incompatibilité d'humeur, peut-être passagère.

— Incompatibilité chronique et totale serait plus exact, précisa Hazel avec ironie.

— Admettons, concéda-t-il. L'essentiel est que nous soyons d'accord : tu restes jusqu'à ton anniversaire, puis tu décideras de ce que tu veux faire.

Elle l'observa attentivement et se rendit compte qu'il y avait, dans ce regard, quelque chose qui ressemblait à de l'amour.

— D'accord, admit-elle. Je reste jusqu'à mon anniversaire, puis « nous » déciderons de l'avenir.

Elle sortit réconfortée de cet entretien et monta s'habiller pour le dîner, sachant que Rafe tenait beaucoup à préserver cette habitude qui confinait à la tradition chez les Savage.

Elle choisit une robe vert émeraude qui s'harmonisait parfaitement avec la couleur de ses yeux noisette, puis noua ses cheveux avec un ruban de la même nuance.

Lorsqu'elle gagna la salle à manger d'apparat, Rafe s'apprêtait à leur servir un verre de sherry en attendant le dîner. Il était d'une élégance folle dans son smoking blanc. Hazel en resta le souffle court et ne remarqua pas le regard sarcastique de Celia, qui passa immédiatement à l'attaque.

— Je vois que tu as enfin réussi à faire quelques progrès vestimentaires, railla-t-elle sèchement. Je me souviens encore de ces horribles pantalons mauves que tu portais autrefois... C'était atroce !

Hazel préféra ne pas répondre. Il lui semblait inutile de jeter de l'huile sur le feu. Décidée à ne pas donner prise aux provocations de la mégère, elle se tourna vers Rafe qui servait le sherry dans des verres de cristal.

Mais, Celia revint à la charge :

— Alors, le départ est pour quand ?

— Celia ! Je t'en prie ! s'exclama Rafe en foudroyant sa sœur des yeux.

— Ce n'est pas grave, dit Hazel d'un ton calme, je...

— Inutile de venir à mon secours, je sais très bien me défendre toute seule, s'écria Celia d'un ton aigu.

— Ton impolitesse à l'égard de Hazel est inadmissible, la tança Rafe.

— Je ne faisais que demander quand elle partait, voilà tout.

Rafe vida son verre d'un trait et s'en servit un autre. Hazel vit que ses doigts tremblaient légèrement, sans doute faisait-il un effort sur lui-même pour se contrôler. Mais c'était à lui qu'il appartenait de mettre les choses au point.

Il reposa le flacon de sherry et se tourna vers sa sœur.

— Elle ne part pas, dit-il.

— Quoi ? glapit Celia.

— Elle reste.

Hazel, stupéfaite, le fixait avec attention. C'était la première fois qu'il la défendait aussi ouvertement.

— Je lui ai demandé de rester, précisa calmement Rafe.

— Tu le lui as demandé ? Ce n'est pas possible !

Celia s'étranglait d'indignation et de colère. On aurait dit qu'elle avait avalé une rasade de décapant industriel. Les yeux lui sortaient de la tête.

— Eh bien, si, dit Rafe posément.

Celia se tourna vers Hazel d'une façon si brusque qu'on aurait pu croire qu'elle allait la gifler.

— Petite peste ! Sale petite menteuse ! Tu m'avais pourtant assuré que tu partais ! Je me demande ce que tu as encore pu faire ou inventer pour embobiner mon frère !

Rafe se leva, furieux.

— Je t'interdis de parler à Hazel sur ce ton. Tu vas immédiatement lui faire des excuses.

Celia se leva à son tour, blême de colère.

— M'excuser, moi ! Devant cette... Devant elle !

Elle s'était reprise, voyant que son frère avançait vers elle d'un pas menaçant.

— Je vous laisse dîner en tête à tête, dit-elle très vite. Vous avez sûrement des tas de choses à vous dire !

Puis, dans un ultime effort pour contenir sa colère, elle prit un air de princesse offensée, tourna les talons, et sortit en claquant la porte.

3.

Il était prévu que Carl, son brillant partenaire de tennis, viendrait chercher Hazel à 20 heures, et qu'ils rejoindraient ensuite Trisha et Mark pour aller danser.

Elle se préparait fébrilement dans la salle de bains. La plupart des gens qui seraient à la soirée organisée par le Club ne l'avaient pas vue depuis trois ans. Ils allaient découvrir la femme qu'elle était devenue, élégante et sophistiquée. Elle tenait surtout à ce que Rafe en prenne conscience, et qu'il comprenne enfin qu'elle était maintenant adulte. Ses cheveux, brossés avec soin, retombaient sur ses épaules nues. Elle sentait leur caresse à chaque mouvement.

Elle avait longuement choisi sa tenue, une robe noire, sobre et de bon goût, qui mettait sa silhouette en valeur et faisait ressortir son bronzage.

Elle finissait de vernir l'ongle du petit doigt de sa main gauche, lorsqu'elle entendit la sonnette de la porte d'entrée. « Mon Dieu, je suis en retard ! songea-t-elle avec inquiétude. Et ce vernis qui n'est toujours pas sec ! » Elle souffla sur ses doigts et fit des moulinets en l'air pour accélérer le séchage, tout en souriant à l'idée que, si quelqu'un avait pu l'observer, il l'aurait certainement prise pour une folle.

Elle entendit des voix au rez-de-chaussée et se demanda quel accueil on faisait à Carl ? Rafe se montrait-il chaleureux ou distant ? Celia faisait-elle preuve, une fois de plus, de son exécrable caractère ? Ces incertitudes renforçaient sa nervosité et, tout en soufflant de plus belle sur ses ongles, elle passa mentalement en revue tous les scénarios possibles.

Lorsqu'elle descendit dans le salon, il était plus de 20 h 15. Carl était en train de parler avec Rafe. Celia n'était pas là, sans doute était-elle déjà partie.

Hazel fut frappée par la criante dissemblance entre les deux hommes. A gauche, Carl, jeune et blond, avec ses allures de gamin. A droite, Rafe, grand et brun, l'air solide, autoritaire, sévère. Tout le contraire de son interlocuteur !

Elle s'avança vers Carl et lui posa affectueusement la main sur le bras.

— Je suis désolée d'être en retard, s'excusa-t-elle.

— Je t'en prie, cela n'a aucune importance, répondit le jeune homme.

Il la dévisageait avec une admiration non dissimulée, et semblait particulièrement fasciné par ses cheveux.

— Quelle... subtile élégance ! articula-t-il en cherchant ses mots. Cette robe te va merveilleusement bien. Tu vas faire tourner toutes les têtes au Club !

Elle sourit, flattée par le compliment. Elle avait l'habitude que les hommes rendent hommage à ses charmes, mais recevait toujours avec étonnement leurs éloges, car elle-même ne se sentait pas très sûre de cette beauté dont ils chantaient les louanges. A vrai dire, lorsqu'elle soignait, comme ce soir, son apparence, c'était surtout pour se rassurer elle-même, car elle avait des doutes, malgré tout ce qu'elle pouvait entendre, sur son pouvoir de séduction.

— Je vois que Rafe t'a tenu compagnie pendant que tu m'attendais, remarqua-t-elle.

— Je viens seulement d'arriver, dit Rafe. Celia s'est chargée d'accueillir ton ami.

Surprise, elle craignit un instant que Celia se fût montrée glaciale avant de disparaître, laissant Carl tout seul. Elle essaya de dissimuler son inquiétude derrière un sourire de circonstance.

— J'espère qu'elle ne s'est pas montrée trop... distante.

— Au contraire, s'écria Carl. Elle a été absolument...

Il chercha un instant l'adjectif qui convenait le mieux à l'accueil de Celia.

— ... Charmante, dit-il enfin.

Elle le regarda, stupéfaite. Il avait l'air réellement sincère.

— Nous ferions bien d'y aller, proposa-t-elle, contrariée. Trisha doit se demander ce que nous faisons.

Elle pensait tout le contraire en fait, car elle était certaine que Trisha, en leur absence, devait être ravie de se retrouver en tête à tête avec Mark.

— Je suis prêt, dit Carl en souriant.

— Je compte sur vous pour ne pas ramener Hazel à des heures impossibles, conseilla Rafe. Elle vient de faire un long voyage et ne doit pas se coucher trop tard.

Hazel lui lança un regard furieux. Comment pouvait-il se montrer aussi paternaliste ? Elle n'était plus une gamine de quinze ans à qui l'on donne la permission de minuit ! Elle était bien assez grande pour gérer son temps comme bon lui semblait et n'avait d'ordres à recevoir de personne.

— Ne vous inquiétez pas, monsieur Savage, nous ne nous attarderons pas, promit Carl.

Rafe eut un mouvement du menton, autoritaire, qui signifiait qu'il y comptait bien.

— Tu plaisantes, j'espère ! Nous nous attarderons aussi longtemps qu'il nous plaira, ne put-elle s'empêcher de rétorquer d'une voix nette, bien décidée à montrer qu'elle était libre de son temps et de ses mouvements.

Elle allait avoir vingt et un ans et n'était plus une petite fille à qui l'on fait la leçon !

Rafe la toisa d'un œil sévère.

— Bonne soirée, lança-t-il d'un ton glacial.

Elle attendit d'être dans la voiture de Carl pour exploser. Bouillante de colère, elle martelait chaque mot par un coup de poing sur la banquette.

— Tu as entendu cette manière de me commander ? C'est insupportable ! Je ne suis plus un bébé !

— La recommandation de M. Savage n'était pas absurde, plaida Carl. Il est vrai que tu viens de traverser l'Atlantique, et que tu es en plein décalage horaire. Je n'y avais pas pensé, et...

— Ce n'est tout de même pas lui qui va décider si je suis fatiguée ou non, rétorqua-t-elle furieuse.

— Alors, tout est parfait, admit-il. N'en parlons plus.

— On dirait qu'il me prend toujours pour une écolière, reprit-elle avec agacement. Je suis quasi majeure, saine d'esprit, et responsable de mes actes.

— Il ne t'a pas vue depuis trois ans, et n'a peut-être pas encore pris conscience que tu es une adulte. Et c'est sans doute dans sa nature de se montrer très protecteur.

— « Trop » protecteur, veux-tu dire, précisa-t-elle.

— Je crois que je peux le comprendre, dit Carl avec un sourire amusé.

Ils arrivèrent au Club et aperçurent Trisha et Mark qui étaient installés à une table, sirotant un cocktail.

Trisha portait une robe décolletée superbe.

— Tu es magnifique, assura Hazel.

— Vraiment ? interrogea Trisha.

— Absolument. Tu vas faire des ravages dans le cœur des hommes, ce soir.

— Celui d'un seul me suffirait, murmura Trisha en adressant un coup d'œil complice à son amie.

— Mark ? interrogea Hazel à voix basse.

Trisha acquiesça de la tête en réprimant un sourire et ajouta :

— Nous sommes allés à la piscine cet après-midi. Carl a demandé où tu étais, et j'ai téléphoné chez Rafe.

— Qui t'a répondu ? interrogea-t-elle avec curiosité.

— Rafe, dit Trisha.

Hazel eut une moue contrariée.

— Et qu'a-t-il dit ?

— Il m'a dit que tu dormais.

Elle était allée dans la cabane, au bord de l'eau, sans prévenir quiconque. Il était donc logique que Rafe ait pensé qu'elle se reposait. Mais, dans ce cas, il aurait pu venir la chercher, ou du moins lui faire part, ensuite, de cet appel téléphonique, or il n'en avait rien fait... Quel égoïste ! Et quelle impudence ! Elle était décidée à ne pas se laisser traiter de la sorte tant qu'elle serait dans cette maison !

— Lui as-tu donné la raison de ton appel ? demanda-t-elle.

— Oui, bien sûr. Je lui ai même dit que nous étions tous à la piscine et que nous t'attendions, précisa Trisha.

— Et alors ? Qu'a-t-il répondu ? interrogea-t-elle, agacée.

— Il a dit qu'il ne voulait pas te déranger.

Hazel soupira, Rafe finirait-il enfin par comprendre qu'elle n'était plus une enfant, et que les choses n'étaient plus comme autrefois ? S'il n'y parvenait pas, en tout cas, elle se chargerait de mettre les choses au point.

— As-tu parlé de tes projets avec Rafe ? interrogea Trisha. Que comptes-tu faire maintenant ?

Pour l'instant, son avenir était incertain, elle en était bien consciente. Et la présence de Celia ne faisait qu'empirer les choses.

— Rafe m'a proposé de rester et de l'aider dans l'administration du domaine, soupira-t-elle.

— En somme, il s'agit d'un poste de secrétaire ?

— Oui, en quelque sorte.

— J'imagine que cette idée ne doit guère plaire à Celia ! s'exclama Trisha.

— C'est le moins qu'on puisse dire. J'ai bien peur qu'elle en fasse une jaunisse, ajouta-t-elle en riant.

Carl revint avec des cocktails qu'il posa sur la table.

— Le Cuba libre c'est pour toi, Hazel, et voici un autre gin tonic pour Trisha.

Elle savoura son verre en observant les danseurs sur la piste. La musique sud-américaine était joyeuse et entraînante, et lorsque Carl vint lui proposer de danser, elle n'hésita pas.

— Un petit tour de piste, Hazel ?

— Avec plaisir, dit-elle, ravie, en se levant.

Il dansait avec souplesse, la tenant fermement dans ses bras, se mouvant en parfaite harmonie avec la mélodie. Elle se sentait bien contre lui, attentive à leurs pas autant qu'à la musique.

— Tu es un bon danseur, dit-elle au bout d'un moment.

— Merci, répondit-il, je peux te retourner le compliment.

Ils rirent tous les deux et accentuèrent sensiblement leurs mouvements chaloupés.

— Dis-moi, Hazel, déclara subitement Carl, ta cousine Celia est vraiment charmante, elle m'a tapé dans l'œil.

Estomaquée par cette remarque aussi brusque, elle suspendit ses pas un instant.

— Ah bon ? dit-elle d'un ton neutre.

Elle ne se sentait pas d'humeur à faire des commentaires sur Celia, et s'abstint d'en dire davantage.

— Elle est vraiment ravissante, ajouta Carl.

46

— Certainement, acquiesça-t-elle, tout en se disant intérieurement que c'était la pire peste qu'elle ait jamais connue.

— C'est une des plus jolies femmes que j'ai rencontrées, reprit Carl, emporté par son enthousiasme. Elle est...

Il cherchait ses mots tout en dansant et Hazel s'amusait de son trouble.

— ... piquante ! conclut-il.

Elle rejeta la tête en arrière et partit d'un grand rire.

— Ça, tu l'as dit ! « Piquante » est le mot juste.

Elle riait tellement qu'ils durent s'arrêter de danser. Carl avait l'air plutôt décontenancé.

— Qu'y a-t-il de si drôle ? demanda-t-il.

— Rien, ne t'inquiète pas, je suis d'humeur joyeuse, c'est tout.

Ils regagnèrent leur place et elle vida son verre presque d'un trait. Cette soirée lui plaisait beaucoup, car elle y retrouvait, avec un grand plaisir, l'ambiance des fêtes de son adolescence.

— Retournons danser, dit-elle.

Après quatre ou cinq danses bien enlevées elle eut soif de nouveau. Carl retourna chercher des cocktails. D'autres garçons l'invitèrent à danser, manifestement très sensibles à son charme.

Elle passait ainsi de sa table, où elle finissait un verre, à la piste où l'invitait un nouveau danseur. Elle s'amusait beaucoup. Mark flirtait gentiment avec Trisha. Tout le monde était content.

— Tu parais en pleine forme, s'étonna Carl. Tu ne donnes pas l'impression de revenir d'un long voyage.

— Je me sens bien et j'aime faire la fête, comme ce soir. De plus, j'adore cette musique.

Elle aimait vivre ainsi, dans l'insouciance du moment présent, auprès de gens sympathiques et chaleureux. Sans doute les verres qu'elle avait bus renforçaient-ils cet état de bien-être.

— Tu as vu qui est arrivé ? interrogea brusquement Carl.

Il désignait du menton le fond de la salle.

Elle se retourna et, avec stupéfaction, vit Rafe en compagnie d'une jolie jeune femme. Rousse, du genre pétillant, elle s'accrochait au bras de son cousin d'une manière qui lui sembla excessive. Ils s'assirent à une table éloignée de la leur, et elle remarqua que Rafe faisait comme s'il ne l'avait pas vue. Elle fit de même et, quelques minutes plus tard, ils se croisèrent sur la piste de danse presque sans se regarder.

— Comme vous êtes belle ! balbutiait son cavalier du moment, éperdu d'amour.

C'était un certain Peter, qu'elle avait vaguement connu trois ans auparavant, alors qu'ils fréquentaient tous deux le club de tennis.

— Vous êtes trop gentil. Mais, dis-moi, est-ce que nous ne nous disions pas « tu » autrefois ?

— Je... je ne m'en souviens pas, balbutia-t-il. Et puis tu as tellement changé. Tu es devenue une femme si... si...

— Toi, en revanche, tu n'as pas changé, dit-elle en riant. Toujours aussi timide !

Alors qu'elle tournait la tête au rythme de la musique, elle croisa l'œil noir de Rafe et se sentit immédiatement mal à l'aise.

— Tu es devenue si belle ! insistait son cavalier tout en la serrant un peu plus fébrilement dans ses bras.

Soudain, elle aperçut Rafe qui traversait la piste à grands pas dans leur direction.

— Vous permettez ? demanda-t-il en s'adressant à Peter. J'aimerais dire quelques mots à Hazel.

— Je vous en prie, monsieur Savage, dit Peter en rougissant.

Rafe la prit par le bras et lui fit quitter la piste de danse.

— Mais... Où m'emmènes-tu? interrogea-t-elle.

— Dehors, on étouffe ici. La musique est trop forte. Suis-moi.

Il serrait son bras avec détermination tandis qu'il la guidait vers la sortie. Une fois dehors, il donna libre cours à son indignation.

— J'espère que tu es encore assez lucide pour te rendre compte de ton état, gronda-t-il en martelant ses mots.

— De mon état? s'étonna-t-elle. Mais je vais très bien, voyons.

— Crois-tu que je n'ai pas remarqué comment ce garçon te serrait tandis que vous dansiez?

— Mais...

— On aurait dit qu'il était en train de faire l'amour avec toi, tellement ses gestes étaient lascifs. C'était...

Il secoua la tête avec dégoût, cherchant ses mots.

— C'était indécent! s'exclama-t-il, furieux.

— N'exagère pas, Rafe, Peter est tellement timide qu'il n'oserait jamais se laisser aller à des gestes excessifs avec moi!

Rafe n'avait absolument pas l'air convaincu par ses protestations, emporté par son indignation, il continuait à la réprimander.

— Si tu avais vu ses yeux!... Sa bouche! Le spectacle était réellement obscène. Evidemment, tu as tellement bu que tu ne te rendais même pas compte de l'inconvenance de la situation.

Hazel sentit la moutarde lui monter au nez. C'en était assez! Elle avait eu sa dose de remontrances et ne se sentait plus d'humeur à recevoir une nouvelle leçon.

— Ça, c'est un peu fort, s'écria-t-elle. On dirait que tu tiens la comptabilité de tous les verres que j'ai bus! Je suis une grande fille, et je n'ai pas besoin de...

— Et ce n'est pas tout! renchérit-il avec obstination. Tu as dansé avec une dizaine de garçons différents!

Outrée par ces critiques successives, elle fulminait, révoltée par l'outrecuidance de Rafe.

— Eh bien? N'est-ce pas mon droit? Je suis libre de danser avec qui je veux!

Il la toisait, l'air sévère, les yeux brillant de colère.

— Il faut que tu acceptes le fait que je ne suis plus une petite fille, martela-t-elle en appuyant sur chaque syllabe. Plus une enfant. Je suis une a-dul-te! *Une adulte!*

Elle entendit un toussotement derrière elle et se retourna.

— Chéri, tout va bien? Je te cherchais.

La belle créature rousse s'avança, adressant au passage un sourire à Hazel. Elle était vêtue d'une robe jaune safran qui aurait dû normalement jurer avec ses cheveux, mais qui, curieusement, s'accordait assez bien avec leur couleur.

— Je m'appelle Janine Clarke, dit-elle en lui tendant la main.

— Enchantée, je m'appelle Hazel Standford.

— Oui, je sais, Rafe m'a souvent parlé de vous.

Rafe avait l'air quelque peu gêné. Empêtré dans ses mots, il tentait de se justifier.

— Je... J'ai emmené Hazel prendre un peu l'air, elle ne se sentait pas très bien.

— Ma pauvre! rien de grave j'espère? s'inquiéta Casque d'or.

Hazel admirait les reflets cuivrés de la coiffure de Janine, dont le moindre détail avait été soigneusement étudié.

— Un simple étourdissement, répondit Rafe. Hazel revient tout juste des Etats-Unis, et elle est victime du classique décalage horaire.

Voulant manifestement se montrer plus affable, Rafe se tourna vers Hazel et reprit d'une voix plus douce:

50

— Janine a repris la vieille maison du Champ-haut, expliqua-t-il. Elle a réalisé des travaux admirables, et je suis très fier et très heureux de l'avoir comme voisine.

— Y a-t-il longtemps que vous vous êtes installée là ? interrogea Hazel, intriguée par la personnalité de cette femme peu banale.

— Environ un an, répondit Janine.

— A l'époque de l'accident de Rafe ?

— Oui, mais nous nous connaissions avant. J'étais autrefois à l'école avec Celia.

— Ah, dit-elle en essayant de dissimuler sa déception.

Elle aurait préféré qu'ils se soient rencontrés récemment. Pourtant, Janine avait l'air sympathique, et Hazel ne put s'empêcher de reconnaître qu'elle se montrait très chaleureuse à son égard.

— Je crois qu'il est temps que tu rentres à la maison, dit Rafe.

— Mais il n'est que 22 h 30, protesta Hazel.

Elle ressentait une sorte de honte à être traitée comme une enfant devant cette femme qu'elle connaissait à peine.

— Il est temps de rentrer, insista Rafe.

— Je ne suis pas fatiguée, répliqua-t-elle.

— Allons, sois raisonnable, murmura-t-il.

— Mais quand donc vas-tu cesser de me prendre pour une gamine ? J'ai vingt et un ans !

— Alors, adopte un comportement adulte.

Voilà qu'il lui faisait la morale à présent ! Quand donc en aurait-il fini avec ses admonestations ? Allait-il enfin admettre qu'elle était libre et indépendante ?

— Je me comporte comme je veux, articula-t-elle clairement. J'ai décidé de ne pas rentrer, pour l'instant. Suis-je suffisamment claire ?

Rafe prit le bras de Janine, lançant à Hazel un dernier regard furieux.

— Puisque tu te butes ainsi, nous rentrerons sans toi.

Allons-y, Janine, il est inutile de poursuivre indéfiniment cette discussion.

— Bonne nuit! leur lança-t-elle tandis qu'ils s'éloignaient.

Tant qu'à avoir le dernier mot, autant que celui-ci soit percutant!

Dès leur départ, elle retourna d'un pas alerte vers la piste de danse, déterminée à poursuivre sa soirée comme elle l'entendait.

— Vous n'avez pas vu Carl? demanda-t-elle à Trisha et Mark en s'asseyant à leur table.

— Il est avec..., commença Mark.

— Il est au bar, coupa Trisha. Il nous a quittés il y a un petit moment, et il va sans doute revenir bientôt.

Au bout d'une dizaine de minutes, elle renouvela sa question.

— Vous êtes sûrs qu'il est au bar? Je ne l'ai pas...

Elle s'interrompit soudain, interdite, à la vue de Carl dansant avec Celia. Etroitement enlacé, le couple s'amusait à se donner des baisers eskimos, chacun frottant son nez contre celui de l'autre.

Amèrement déçue par le comportement de Carl dont elle pensait qu'il avait davantage de jugement, elle se tourna vers son amie.

— Pourquoi ne m'as-tu rien dit, Trisha?

— Parce que je savais que tu aurais mal réagi. Celia s'est présentée à notre table il y a une vingtaine de minutes et a proposé à Carl de danser.

— Ça, c'est un peu fort! bougonna-t-elle.

Celia, décidément, ne manquait pas d'air!

— Tu sais, Hazel, railla Mark avec un sourire moqueur, mon frère est un peu tête en l'air. Il passe d'une femme à l'autre sans bien s'en rendre compte.

Hazel baissa la tête. Elle se sentait dupée, trahie, et soudain la fête fut terminée pour elle.

— Je crois que je vais rentrer, conclut-elle.

— Tu es déçue par l'attitude de Carl? interrogea Trisha.

— Mais non, il fait ce qu'il veut. Il danse avec qui il veut. Tout cela n'a aucune importance, assura-t-elle.

Il est vrai qu'elle se moquait bien de Carl : un gentil garçon pour lequel elle ne ressentait qu'une vague amitié, sans plus. Ce qui la gênait, en revanche, c'était le comportement de Celia qui n'avait certainement pas mis le grappin sur Carl par hasard. Sans doute avait-elle une idée derrière la tête.

— Bonne nuit, vous deux, dit-elle. Je vais me coucher.

— Tu ne vas pas rentrer à pied, protesta Mark. Nous allons te raccompagner, n'est-ce pas, Trisha?

— Bien sûr, approuva spontanément cette dernière.

— Je ne veux pas vous déranger, protesta Hazel. Je peux parfaitement prendre un taxi.

— Il n'en est pas question, trancha Mark en se levant. Nous te déposons au manoir.

— Comme vous voudrez, dit-elle. C'est gentil à vous.

Elle se sentait si triste, si lasse soudain, que l'insistance discrète et chaleureuse de ses amis la touchait profondément. Elle se sentit réconfortée.

Lorsqu'elle pénétra dans la vaste demeure, tout était calme. Les lumières étaient éteintes. Sans doute Rafe était-il allé se coucher, à moins qu'il n'ait décidé de prolonger la soirée avec la belle et sympathique rousse.

Elle monta lentement l'escalier vers sa chambre, et fit brusquement demi-tour. Elle n'avait pas envie de dormir.

Elle descendit vers la mer et s'assit sur un rocher pour contempler les vagues qui s'ourlaient d'argent sous les rayons de la lune. Elle aimait le bruit du ressac, puissant et régulier, comme une respiration de l'océan.

Dégrisée par l'air frais, elle enleva ses chaussures et marcha dans l'eau, sur le bord de la grève. La mer était tiède, et le contact de ses pieds sur le sable lui procurait un plaisir physique intense et bienfaisant.

Elle ouvrit la porte du cabanon et alluma une des bougies.

— Pourquoi ne dormirais-je pas ici ? se demanda-t-elle à mi-voix. La couchette n'est pas inconfortable, et demain je regagnerai ma chambre avant l'aube.

Elle se déshabilla entièrement, s'allongea sur le petit lit, et souffla la bougie.

La musique des vagues la berçait, et elle allait sombrer dans le sommeil lorsqu'elle entendit des pas sur le sable.

Elle se redressa brusquement et s'enveloppa dans le drap qui recouvrait sa couche. Quelqu'un marchait, tout près.

Elle ralluma fébrilement la bougie et sentit une présence, près de la porte.

— Qui est là ? lança-t-elle d'une voix anxieuse.

Personne ne répondait, mais la présence devenait presque palpable, inquiétante et menaçante.

— Il y a quelqu'un ? reprit-elle, le cœur battant.

La chandelle à la main, elle se dirigea vers la porte et s'arrêta, stupéfaite.

— Rafe ! C'est toi ? Tu m'as fait peur !

Mais son soulagement fut de courte durée. Le visage de Rafe éclairé par la lueur chancelante était blême, effrayant à voir, et sa cicatrice ressortait plus que jamais.

— Tu es une petite sotte qui mériterait d'être punie ! murmura-t-il d'une voix rauque.

— Rafe ! reprit Hazel sur un ton de reproche. Pourquoi me regardes-tu ainsi ?

Elle était effrayée par ce regard qui la transperçait. Mâchoires serrées, cheveux en désordre, le teint blafard dans la pénombre, Rafe ressemblait à un personnage de film noir, à un tueur. Elle frissonna.

— Ne me regarde pas ainsi, tu me fais peur !

La voix tremblante, elle serrait nerveusement le drap sur sa poitrine. Rafe entra et ferma la porte derrière lui. Il portait la même tenue qu'au Club, quelques heures auparavant, mais sa cravate était maintenant à demi dénouée.

Elle s'assit sur le lit, mal à l'aise. L'allure étrange de Rafe l'inquiétait.

— Te rends-tu compte de la peur que j'ai eue lorsque j'ai entendu tes pas sur le sable ? Il est près de 1 heure du matin. Ce n'est pas une heure pour...

Elle suspendit sa phrase, car il s'approchait d'elle. Son cœur battait à tout rompre dans sa poitrine et sa respiration s'était accélérée.

— Que veux-tu ? demanda-t-elle d'une voix mal assurée.

Il jeta un regard si lourd sur sa nudité, à peine voilée par le drap, qu'elle le remonta jusqu'à son cou.

— Quelle tenue provocante, murmura-t-il, son regard de braise toujours fixé sur elle.

Elle songea un instant à lui dire qu'il n'avait rien à faire dans son cabanon, et que sa tenue ne regardait qu'elle. Mais elle n'osa pas, car la peur grandissait en elle. Le comportement de Rafe ne lui semblait pas normal. Etait-il ivre? En colère? Elle craignait un éclat. L'air était chargé d'électricité.

— Je devrais peut-être me rhabiller, suggéra-t-elle d'un ton conciliant.

— Pourquoi pas? rétorqua-t-il en haussant les épaules.

— Mais... Je ne peux pas me mettre nue devant toi, il faut que tu sortes.

— Ce ne serait pas la première fois que je te verrais nue, souviens-toi...

Elle rougit au rappel de l'épisode passionnel qu'ils avaient vécu trois ans auparavant, ce moment de folie qu'ils avaient partagé et qui la hantait depuis. Elle se recroquevilla sur le lit et se couvrit frileusement du tissu comme d'une toge romaine.

— Pourquoi es-tu venu jusqu'ici? reprit-elle.

— Je m'inquiétais pour toi. Il y a eu une bagarre au Club et des clients ont été admis aux urgences pour des coups ou des entailles dues aux éclats de verre. Quand j'ai constaté que tu n'étais pas dans ta chambre, j'ai eu très peur et j'ai poussé jusqu'à l'hôpital. Puis j'ai pensé à ton cabanon, ton refuge...

Il s'assit sur le lit et contempla ses mains d'un air songeur. Un silence tendu s'était installé dans la cabane.

Hazel entendait le clapotis des vagues qui rythmait doucement le cours de la nuit. Ce silence, qu'elle aimait tant lorsqu'elle était seule, devenait impressionnant en présence de cet homme dont l'intense agitation lui semblait anormale.

— Parle, Rafe, dis quelque chose.

56

Ce mutisme persistant lui faisait froid dans le dos, mais lorsque Rafe prit la parole, elle fut épouvantée par le timbre de sa voix.

— J'ai été extrêmement choqué de voir tous ces garçons qui te tripotaient en dansant, murmura-t-il d'un ton rauque.

C'était donc cela qui le tracassait ! Elle ne comprenait pas comment de tels détails pouvaient le mettre dans un état pareil. Certes, des garçons l'avaient invitée à danser. Certains l'avaient gentiment courtisée, d'autres avaient vaguement essayé de flirter, mais tout cela était bien banal ! Pourquoi en faire un drame ?

— Ils ne me « tripotaient » pas, protesta-t-elle d'une voix douce. Ils dansaient, tout simplement.

— Je n'ai pas aimé cela, poursuivit Rafe d'une voix d'outre-tombe, je n'ai pas aimé cela du tout, répéta-t-il, le regard obstinément fixé sur le sol.

Elle s'éclaircit la gorge, mal à l'aise, se demandant quelle conduite adopter.

Rafe semblait absorbé dans ce monologue obsédant, hochant la tête lentement. Elle sentit alors un frisson glacé la parcourir. Elle eut vraiment peur. Elle songea qu'il était dans un état tel qu'il était capable de la frapper, de l'étrangler, de la tuer peut-être. Son instinct lui conseillait d'être prudente.

Après un long silence, il reprit la parole, la voix toujours rauque et inquiétante.

— Nous devions avoir une conversation tous les deux, mais ce n'est pas pour cela que je suis venu ici.

— Qu'avais-tu à me dire ? demanda-t-elle, rassurée qu'il acceptât enfin de s'exprimer.

Il leva le visage vers elle et son regard sembla l'envelopper tout entière. Il tendit une main vers son épaule dénudée qu'il caressa du bout des doigts. Ce contact l'électrisa. Les légères pressions de son pouce contre sa peau faisaient naître en elle un irrésistible frisson de plaisir.

— Maintenant que je suis ici, chuchota-t-il, je sais que je n'ai rien à dire. Les mots seraient inutiles. C'est autre chose que je veux.

Ses yeux brillaient dans la pénombre, ardents comme ceux d'un félin.

Elle sentit les battements de son cœur s'accélérer et une sorte d'ivresse l'envahir. Elle fit un ultime effort pour se contenir mais elle ne pouvait plus lutter : son attirance pour Rafe était irrépressible ! Elle murmura son nom dans un souffle.

Il se pencha alors vers elle et posa ses lèvres sur son cou. Elle ferma les yeux, inondée par une vague de plaisir aussi soudaine que voluptueuse. Ce fut plus fort qu'elle : elle tourna son visage vers le sien et il s'empara de ses lèvres avec passion.

Tandis qu'il l'embrassait, sa main tirait doucement sur le drap qui la protégeait, et elle se retrouva nue contre lui, sentant contre elle l'ardeur de son corps musclé.

Il s'allongea sur elle et prolongea son baiser avec une sensualité torride. Se sentant fondre peu à peu, elle ouvrit son corps au sien, gagnée par un plaisir qu'elle n'avait jamais ressenti jusqu'alors.

Il n'avait pas ôté ses vêtements, mais elle percevait à travers l'épaisseur du tissu la dureté de son désir, la puissance de son corps qui se plaquait contre elle.

Il lui sembla qu'elle avait attendu ce moment depuis toujours. La charge sensuelle qui avait toujours circulé entre eux explosait maintenant, soudain irrépressible, comme le torrent de feu qui jaillit d'un volcan.

Sa bouche, ouverte comme une fleur, recevait l'ardent baiser de Rafe avec une volupté oubliée. Plein de fougue, il s'arracha ensuite à ses lèvres pour lui embrasser les épaules, les bras, les seins, et elle ne put réprimer un cri de plaisir.

— Rafe ! Oh, Rafe ! C'est merveilleux !

Il caressait son corps nu de ses mains passionnées et tremblantes.

Elle eut soudain honte de sa nudité et souffla la bougie.

— Que fais-tu ? demanda-t-il aussitôt d'une voix contrariée.

— Mais... je fais l'obscurité pour que tu...

Elle hésitait, n'osant avouer sa pudeur à se trouver nue devant lui.

— Pourquoi ? insista-t-il d'un ton agressif. Pourquoi veux-tu éteindre la lumière ?

— Mais..., balbutia-t-elle.

Les joues en feu, elle ne comprenait pas ce brutal revirement de l'homme qui, un instant auparavant, l'aimait si passionnément. Qu'avait-elle donc fait pour lui déplaire ? Le simple fait de souhaiter l'obscurité pouvait-il le contrarier à ce point ?

Il chercha à tâtons la boîte d'allumettes et ralluma la chandelle.

— C'est la vue de « cela » qui t'effraye ?

Les yeux pleins de colère, il désignait du doigt sa cicatrice.

— Non, protesta-t-elle avec véhémence, pas du tout. Comment peux-tu croire une chose pareille ?

— Alors, explique-toi !

De nouveau, il lui faisait peur. Elle craignait qu'il ne la frappe, tant son attitude se révélait hostile.

— J'avais honte d'être nue devant toi.

Elle leva la main vers son visage en une caresse tendre.

— J'aime ton visage, j'aime ton corps, Rafe...

— Non, tu ne peux pas aimer une telle abomination, lança-t-il en passant furieusement ses doigts sur la peau boursouflée qui bordait sa blessure. C'est un mensonge, et tu voudrais que je te crois !

— Voyons, Rafe, sois raisonnable, ne te mets pas dans un état pareil ! implora-t-elle, les larmes aux yeux.

Il s'arracha aux bras qui tentaient de le retenir et se leva.

— Je m'en vais, je rentre à la maison.

Blessée, terrassée par un terrible sentiment d'impuissance, elle ne put retenir les larmes qui coulaient sur ses joues.

— D'ailleurs, tu vas rentrer aussi, ordonna-t-il. Je ne veux pas que tu passes la nuit ici.

Puis il sortit en claquant la porte, la laissant désespérée, en sanglots sur son lit.

Une fois seule, elle s'enroula dans le drap et resta allongée un moment, attendant que se calme le tumulte de son esprit, essayant en vain d'y voir clair dans les sentiments contradictoires qui l'agitaient : le désir, l'amertume et la révolte.

Elle se revit à son dix-huitième anniversaire. Il s'était passé une scène à peu près semblable, ou qui, du moins, avait débuté de la même façon : elle avait beaucoup bu, beaucoup ri, et dansé avec de nombreux garçons, ce qui avait mis Rafe dans un état d'exaspération dont elle avait mal pris la mesure. Comme ce soir, elle était descendue à la cabane et avait voulu se baigner nue, dans l'obscurité d'une nuit sans lune. C'est alors que Rafe l'avait rejointe, et qu'elle s'était presque immédiatement jetée dans ses bras. Il l'avait emmenée dans la minuscule maison de bois, l'avait étendue tendrement sur le lit et ils avaient fait l'amour avec une intensité bouleversante. C'est cette nuit-là qu'elle avait découvert le plaisir suprême — un plaisir qu'il avait été le premier à lui révéler.

Ils étaient restés enlacés jusqu'au petit matin, et, à leur réveil, elle avait ressenti un bonheur extraordinaire.

Néanmoins Rafe, poussé par d'obscurs sentiments qu'elle n'avait jamais réussi à percer, s'était alors éloigné d'elle. Au cours des jours suivants, il l'avait encouragée à partir pour les Etats-Unis. Sans doute avait-il

60

éprouvé une sorte de honte de s'être laissé aller à ces vertigineuses étreintes qui les avaient transportés vers des sommets de folle volupté.

Rien pourtant n'aurait dû s'opposer à cette passion soudaine : ils n'étaient pas véritablement cousins. Ce n'était donc pas l'interdit, mais bien la culpabilité ressentie par Rafe qui avait pesé alors. Peut-être le remords d'avoir cédé aux charmes d'une jeune fille dont il était encore le tuteur officiel.

Elle songeait, tout en se rhabillant, à cette curieuse similitude. Trois ans s'étaient écoulés depuis sa bouleversante découverte de l'amour et de la passion. Et ce qui venait de se passer constituait un étrange prolongement de cette nuit inoubliable. Pourquoi Rafe avait-il réagi ainsi ? Pourquoi était-il parti si brusquement ? Etait-ce vraiment parce qu'il avait honte de son visage, ou y avait-il autre chose qu'elle ignorait ?

Le lendemain matin, elle décida de s'atteler au plus tôt à ses nouvelles fonctions de secrétaire.

Elle se trouvait dans le bureau de Rafe, occupée à faire du classement, lorsqu'il entra.

— Déjà au travail ? lança-t-il avec étonnement.

Il semblait avoir oublié l'épisode de la nuit — à moins qu'il fît semblant — et avait l'air de bonne humeur.

— Oui, il y a de nombreuses lettres administratives qui n'ont même pas été ouvertes, et il faut bien classer tout ce courrier.

Il lui posa la main sur l'épaule, d'une façon presque tendre, et elle frissonna de plaisir à ce contact.

— Ne te sens pas obligée d'accomplir cette tâche ennuyeuse : tu viens à peine d'arriver, et le courrier peut bien attendre.

— Mais il me semble qu'il vaudrait mieux...

— Va chercher tes affaires et descends donc à la plage ! lança-t-il sur un ton de commandement.

Voici donc le Rafe autoritaire et dictatorial qui resurgissait. Décidément, il ne pouvait pas passer une journée sans donner des ordres. Elle ressentit le même agacement que la veille, lorsqu'il lui parlait comme un maître d'école à son élève.

Elle le regarda d'un œil ironique.

— Toujours aussi despotique, à ce que je vois, fit-t-elle remarquer sur un ton de défi.

— Mon âge m'autorise une certaine autorité, répliqua-t-il sèchement. N'oublie pas que j'ai dix-huit ans de plus que toi.

Quelle importance cette différence d'âge pouvait-elle avoir ? Elle ne s'attardait pas à de tels détails, et, à ses yeux, la valeur d'un homme ne se mesurait pas au nombre des années.

— Dix-huit ans ! la belle affaire ! ironisa-t-elle.

Il se dirigea vers la porte et lui dit sèchement :

— Maintenant, si tu veux bien m'excuser, il faut que je parte. On m'attend pour déjeuner.

— Mlle Clarke ?

— Oui, mais, en l'occurrence, ce n'est pas « mademoiselle » mais « madame ».

Etonnée, elle ouvrit des yeux ronds.

— Janine est mariée ?

— Divorcée.

— Ah... Je vois, murmura-t-elle.

Rafe eut un geste d'agacement.

— Elle est divorcée depuis cinq ans !

— La connais-tu depuis longtemps ? insista-t-elle.

— Suffisamment longtemps, répondit-il d'un ton énigmatique.

Que voulait-il dire par là ? Elle eut un pincement au cœur. Serait-ce la jalousie ? songea-t-elle. C'était un sentiment fort désagréable, et elle sentait qu'elle ne pouvait rien contre lui.

— Janine est une femme charmante, dit-elle enfin.

— Oui, mais il vaut mieux que toi et moi gardions notre vie privée pour nous. Je ne vois pas en quoi Janine pourrait se révéler d'un quelconque intérêt pour toi.

— Si tu préfères qu'il en soit ainsi..., soupira-t-elle.

— Oui, je crois que c'est mieux, conclut-il.

— Alors, faites un bon déjeuner et amusez-vous bien, lança-t-elle, tandis que le pincement ne relâchait pas sa prise et que la douleur subsistait.

Celia ayant disparu elle ne savait où, Hazel se retrouva seule dans la grande salle à manger du manoir. Sara s'affairait, attentive et gentille, bavardant de tout et de rien. C'était bien préférable, après tout, au bruit d'une fourchette solitaire tintant dans le silence de cette grande pièce.

Au cours de leur conversation, elles avaient abordé la vie de Rafe. Hazel sursauta soudain à une remarque de Sara.

— Il faudrait que M. Rafe s'installe enfin, ce serait une bonne chose.

— « S'installe » ? Qu'entends-tu par là ? questionna-t-elle, perplexe.

Elle se demandait où Sara voulait en venir.

— Je veux dire qu'il devrait se marier, précisa la vieille domestique. Il a besoin d'une femme. On ne peut pas rester indéfiniment seul. Cette Mme Clarke lui conviendrait parfaitement, elle est si gentille, si jolie...

Hazel, malgré elle, lâcha sa cuiller, troublée.

— On dirait qu'ils s'entendent bien tous les deux, reprit Sara. Il va souvent la voir, et, lorsqu'il a eu son accident, c'est la seule personne dont il souhaitait la visite.

— Tiens donc, murmura-t-elle, la gorge serrée.

— Prendras-tu du café? proposa Sara.

— Oui, enfin... non, répliqua-t-elle, perturbée par ce qu'elle venait d'entendre. Je vais retourner à mon travail, j'ai beaucoup de courrier à expédier.

— Par ce temps! s'exclama Sara d'un ton de reproche. Regarde comme le soleil brille. Sors donc un peu, le courrier attendra. De toute façon, le facteur ne vient pas avant demain.

Hazel hésita, puis se dit que la vieille femme avait raison. Pourquoi ne pas profiter de ce temps magnifique? Le courrier pouvait attendre : rien n'était urgent à ce point.

— Tu es vraiment toujours de bon conseil, dit-elle en jetant un coup d'œil par la fenêtre. Il fait un temps splendide, et je vais aller à la piscine du club piquer une tête.

— Voilà qui est bien, approuva Sara.

— Je serai de retour dans une heure, au cas où quelqu'un me demanderait.

— Entendu, Hazel, ne perds pas de temps!

En arrivant à la piscine, la première personne qu'elle rencontra fut Trisha. Son amie était allongée sur une grande serviette bleue et portait un minuscule Bikini rose.

— Tu as fini de travailler? demanda celle-ci.

— Oui, provisoirement, répondit-elle, j'ai eu envie de respirer un peu.

— Hello, Hazel! lança Carl qui était en train de nager dans le bassin.

— Bonjour, Carl.

— Tu viens nager? proposa-t-il.

— Avec plaisir, dit-elle. Je me change, et je suis là dans une minute.

Quelques instants plus tard, elle nageait dans une eau à la fois tiède et rafraîchissante, à côté de Carl qui se révélait aussi bon nageur que tennisman. Il crawlait avec une souplesse et une fluidité qu'elle admira, bien qu'en lui-même Carl la laissât assez indifférente. Non qu'il l'ennuyât, mais il n'était tout simplement pas le type d'homme qui l'attirait, ce qui n'empêchait en rien une bonne camaraderie entre eux.

— Regarde qui arrive ! fit remarquer Carl tandis qu'ils étaient appuyés à une extrémité de la piscine après quatre longueurs essoufflantes.

Elle leva les yeux et un fourmillement désagréable lui parcourut l'échine.

Rafe et Janine étaient en train de s'installer à une table, non loin de là, et Rafe avait posé la main sur le bras de sa compagne avec une délicate attention.

— Ça ne va pas, Hazel ? interrogea Carl. Tu es toute pâle !

— Un peu de fatigue, sans doute, murmura-t-elle. Tu restes encore dans l'eau ou tu sors ?

— Je continue de nager un peu, répondit-il. Va donc te reposer, tu as l'air épuisée.

— A plus tard, lança-t-elle en escaladant la petite échelle pour sortir du bassin.

Elle se sentait la tête étrangement lourde, et une sorte de vertige brouillait sa vue.

Rafe et Janine étaient assis devant des verres de jus d'orange, et elle remarqua que Rafe avait pris la main de Janine dans la sienne. Ils étaient assis côte à côte, comme deux amoureux, et elle sentit comme une déchirure qui la blessait intérieurement.

A un moment, elle vit nettement Rafe prendre la main de Janine et la porter à ses lèvres pour un tendre baiser. C'en était trop. Les larmes aux yeux, elle partit en courant, mais elle trébucha et tomba. Sa tête heurta le ciment. Sa vue fut brusquement obscurcie par un voile noir et elle perdit connaissance.

5.

Hazel sentit le voile noir se déchirer et la lumière revenir peu à peu. Elle reprenait conscience. Lorsqu'elle ouvrit les yeux, des visages étaient penchés au-dessus du sien, mais elle n'en reconnut aucun. Leurs lèvres remuaient, mais les sons lui parvenaient dans une sorte de brouillard.

Soudain, une voix forte et familière retentit.

— Poussez-vous, allons, laissez-moi passer ! ordonnait Rafe d'un ton autoritaire.

Elle eut la sensation qu'on la soulevait, et que son corps était inerte. Lorsqu'elle reconnut l'odeur de Rafe, des larmes coulèrent sur ses joues. Elle se lova dans les bras vigoureux.

— Rafe ! C'est toi ! murmura-t-elle.

— Qu'est-ce que tu as encore été inventer ? gronda-t-il de sa voix bourrue, tout en se frayant un chemin au milieu des curieux.

— Il me semble que je suis tombée sur le ciment, répondit-elle d'une petite voix qui la surprit elle-même.

Elle se sentait faible et sans force.

— C'est malin, dit Rafe. Nous allons devoir te transporter à l'hôpital.

— Non, pas à l'hôpital, protesta-t-elle. Je me sens déjà mieux.

Elle avait toujours éprouvé de l'aversion pour les hôpitaux qui lui semblaient être un monde redoutable où les gens souffrent et meurent.

— On ne discute pas, coupa Rafe. Janine, tu veux bien prendre les clés de voiture dans ma poche et nous ouvrir la portière ?

La jeune femme obtempéra de bonne grâce.

Hazel se laissa installer sur le siège arrière, toujours vêtue de son seul Bikini, et elle tressaillit lorsque les mains puissantes de Rafe la calèrent contre les coussins. Elle aimait ce contact et, l'état de faiblesse dans lequel elle se trouvait la rendait terriblement sensible.

— Nous n'avons pas besoin d'aller à l'hôpital, insiste-t-elle. Je me sens beaucoup mieux maintenant. J'ai seulement mal au crâne.

Mais Rafe, ignorant ses protestations, démarra nerveusement tandis que Janine, qui s'était installée auprès d'elle, posait une main affectueuse sur la sienne afin de la réconforter.

— Je vous assure que je vais très bien, reprit-elle avec obstination. Nous devrions faire demi-tour !

Toujours sourd à ses propos, Rafe ne s'arrêta que devant l'entrée des urgences. Il descendit et la saisit de nouveau dans ses bras.

— Janine, tu veux bien te charger de garer la voiture pendant que j'emmène Hazel ?

— Bien sûr, acquiesça la jeune femme. Ensuite, je rentrerai par mes propres moyens et je t'appellerai ce soir pour avoir des nouvelles.

Elle les regarda s'éloigner et ne put retenir un sourire attendri en voyant avec quelle précaution la massive silhouette emportait son frêle fardeau.

Hazel était heureuse de retrouver les bras de Rafe. Solidement calée contre lui, elle se délectait de son parfum enchanteur, qui la grisait et l'apaisait à la fois.

— Tu sens bon, dit-elle à mi-voix.

— Ecoute, Hazel, ce n'est pas le moment. Nous sommes dans un hôpital. Tâche de t'en souvenir !

Une infirmière vint à leur rencontre.

— A-t-elle eu un accident ? demanda-t-elle.

— Oui. Elle a fait une chute, répliqua Rafe brièvement.

— Je vais appeler le médecin, dit l'infirmière, il sera là dans un instant.

— Attendez, lança Rafe. J'aimerais que vous demandiez le Dr Byne. Je le connais personnellement, et je souhaiterais que ce soit lui qui examine cette jeune femme.

— Je vais le chercher immédiatement. Vous n'avez qu'à l'attendre ici, ajouta l'infirmière avant de s'éloigner d'un pas vif.

Rafe, portant toujours Hazel dans ses bras, s'adossa contre le mur.

— Ça me rappelle quand j'étais petite et que tu me berçais, chuchota-t-elle à son oreille. Tu te souviens ?

— Je te répète que ce n'est pas le moment, maugréa-t-il.

Elle se sentait si bien dans ses bras ! Elle aurait voulu que l'infirmière les oublie afin de rester ainsi, longtemps, contre lui.

Mais la porte battante des urgences s'ouvrit et un jeune médecin vêtu d'une blouse blanche apparut.

— Rafe, c'est vous ! s'exclama ce dernier. Que se passe-t-il ?

— Cette jeune femme a trébuché et sa tête a cogné durement le sol, expliqua Rafe.

Hazel remarqua que le jeune médecin semblait étonné de la voir si peu vêtue.

— Elle était à la piscine, précisa Rafe comme pour se justifier, devant l'interrogation muette du praticien.

— J'aurais dû prendre tes vêtements, ajouta-t-il en

69

abaissant sur elle un regard gêné. Tu n'es guère présentable.

— Les médecins ont l'habitude de la nudité de leurs patients et de leurs patientes, répliqua Hazel, moqueuse.

Elle venait de remarquer quelque chose comme de la jalousie dans les yeux de Rafe. Au fond, elle aimait assez sentir cette possessivité qu'il avait parfois à son égard. Cela n'était-il pas un signe d'amour ?

— Je vais l'examiner, dit le Dr Byne. Venez avec moi.

Ils suivirent un dédale de couloirs qui les mena jusqu'au bureau du médecin.

— Vous pouvez l'allonger sur cette table doucement... Voilà !

Hazel se laissait faire, encore dolente, mais parfaitement lucide.

Après une auscultation de routine, le médecin suggéra de lui faire passer une radio de contrôle.

— Mais je me sens très bien, protesta-t-elle. Croyez-vous que cela soit vraiment nécessaire ?

— Vous voyez, elle n'est jamais d'accord, quoi qu'on dise ou qu'on fasse, s'empressa de commenter Rafe d'un ton paternel.

— Et toi, tu es toujours en train de me donner des leçons comme si j'étais encore une petite fille, répliqua-t-elle du tac au tac.

— Une simple radio nous permettra de nous assurer que mademoiselle est indemne, reprit le médecin, visiblement ravi de cet échange.

— Alors je pourrai rentrer à la maison ? demanda Hazel.

— Si les radios sont normales, oui.

Le Dr Byne décrocha un téléphone mural et donna des instructions.

— Nous allons vous apporter un fauteuil roulant pour vous conduire jusqu'à la salle de radiographie, dit-il en raccrochant le combiné.

— Ne serait-il pas possible d'avoir un vêtement? demanda Hazel. Je trouve que mon Bikini est une tenue un peu légère pour cet endroit.

— Nous allons essayer de vous trouver ce qu'il faut, répondit le Dr Byne.

— Vous voyez! s'exclama Rafe, elle n'est jamais satisfaite : il lui manque toujours quelque chose...

— C'est un comble! s'écria-t-elle. Je demande un vêtement parce que tu n'as pas pensé à prendre les miens, et c'est moi qui suis fautive!

Le Dr Byne souriait de leur querelle.

— Vous réagissez d'une façon telle que je suis optimiste quant à votre état, assura-t-il. Je pense que vous êtes en bonne santé. Nous allons cependant faire tous les examens nécessaires, par précaution.

Une infirmière entra en poussant un fauteuil roulant et tendit une blouse à Hazel qui l'enfila prestement. Le vêtement était bien trop grand pour elle mais, du moins, avait-il le mérite de la couvrir décemment. Elle se sentit immédiatement soulagée et songea que rien n'était aussi désagréable que de se trouver quasiment nue au milieu de personnes habillées.

Les radios furent promptement tirées et le Dr Byne les accrocha sur une plaque lumineuse pour les examiner.

— Bien, dit-il, très bien! Voyons la suivante... Parfait! Aucune trace de fracture.

Rafe s'approcha des images qui révélaient la boîte crânienne et la mâchoire.

— Tu as une tête de singe et des dents de loup, commenta-t-il avec ironie. Je me demande si tu es normale. Docteur, vous qui avez l'habitude, dites-moi la vérité, je vous en prie! Hazel appartient-elle à la race humaine?

Le jeune médecin ne put réprimer un éclat de rire.

— J'ai rarement l'occasion de m'amuser dans le service des urgences, mais il semble qu'aujourd'hui soit une exception. Votre humour est toujours aussi caustique, mon cher Rafe. Il semble que vous aimiez en user.

— Vous voulez dire qu'il en abuse, corrigea Hazel.

— Elle n'est pas normale, n'est-ce pas? insista Rafe, en roulant des yeux effarés dans sa direction. Regardez cet occiput! Admirez ces mâchoires carnassières! Le loup n'est pas loin, et *la Guerre du Feu* non plus. Où allons-nous pouvoir caser ce monstre? Au zoo? Il me semble que l'animal serait à son aise dans la jungle, ou plutôt dans la toundra!

— Rafe! s'exclama Hazel, furieuse. Quand tu auras fini de faire ton numéro, j'aimerais bien que tu me ramènes à la maison. Cet endroit est charmant, mais je n'ai pas envie de m'y attarder.

— Votre état est satisfaisant, mademoiselle, résuma le Dr Byne. Mais tâchez d'être raisonnable, de vous reposer, et de ne pas faire d'excès.

— Pas d'excès! tu as entendu? répéta Rafe.

— Dans deux ou trois jours, vous verrez apparaître de magnifiques hématomes sur votre visage, là où vous vous êtes cognée. Ne vous inquiétez pas, c'est un phénomène tout à fait habituel. Si vous avez mal à la tête, prenez tout simplement de l'aspirine. Et maintenant, vous allez avaler ceci, ajouta-t-il en lui tendant deux comprimés avec un verre d'eau.

— Les deux d'un coup? s'étonna Hazel, un peu méfiante.

— Oui. Ces sédatifs vont vous calmer. Ne vous inquiétez pas si vous vous sentez un peu somnolente dans une demi-heure, c'est la réaction habituelle!

Le médecin se tourna alors vers Rafe.

— Comment va votre hanche? Vous n'êtes pas venu pour la visite de bilan que nous avions prévue. Où en êtes-vous?

— Ça va, ça va, grommela Rafe en faisant un geste évasif de la main.

— Il devait venir vous voir pour sa hanche? demanda Hazel.

— Oui, car il est temps qu'il se prépare à l'opération qu'on a envisagée.

— Je n'ai pas le temps..., marmonna Rafe.

— Si nous tardons trop, votre état risque de se dégrader, je vous en ai averti.

— Mais comment peux-tu être aussi négligent? s'indigna Hazel. Sois raisonnable! Tu donnes des ordres à tout le monde et tu n'es même pas capable de t'occuper de toi-même. Tu devrais tout de même être plus sérieux!

— Je n'ai pas envie de me retrouver complètement invalide, bougonna Rafe.

— Il faut pourtant songer sérieusement à cette opération, insista le jeune médecin. C'est important, ne l'oubliez pas. Est-ce qu'il vous arrive de souffrir?

— Il souffre et ça se voit, s'exclama Hazel. Je l'ai surpris à grimacer, et je suis sûre qu'il avait mal.

— Ces douleurs sont le signe qu'il faut intervenir rapidement, sinon les choses vont empirer. Réfléchissez bien, Rafe. Il ne faudrait pas trop tarder.

Sur le chemin du retour, Rafe conduisait en silence. Hazel l'observait à la dérobée. Elle tendit une main qu'elle posa sur son bras en un geste appuyé.

— Retire ta main, Hazel, tiens-toi correctement, ordonna-t-il vivement.

— Cela te gêne vraiment? dit-elle d'un air espiègle.

— Oui, ça me trouble, rétorqua-t-il en crispant les épaules. Je ne suis pas de marbre.

— Pourtant, j'aime bien sentir ton corps, tes muscles...

— Allons, Hazel, tu ne vas pas recommencer! Garde tes distances ou je ne réponds plus de moi.

Les comprimés du Dr Byne commençaient à agir. Elle se sentait dans un état second : à la fois languissante et légèrement grisée.

— Mais j'ai envie de te toucher, de te caresser, insistait-elle.

— Tu as bien vu, la nuit dernière, où cela nous a menés, grommela-t-il. Et je ne parle pas de notre expérience d'autrefois !

— C'était merveilleux ! dit-elle d'une voix chantante, les yeux mi-clos.

— Tais-toi ! Tu ne sais plus ce que tu dis. Tu es en train de perdre la tête !

— Rafe ! Si tu savais comme j'aurais aimé, le jour de mes dix-huit ans, que tu me fasses un enfant. Si j'avais été enceinte, tu m'aurais épousée...

Il se taisait, attentif à la route devant lui.

— Tu m'aurais épousée, n'est-ce pas ? s'obstina-t-elle, enivrée par le médicament dont l'effet s'amplifiait rapidement.

— Il est inutile de refaire le monde, coupa Rafe d'un ton sec. Le passé est passé. Aussi, n'en parlons plus !

— Epousée ? murmura-t-elle en lui serrant le bras.

Elle posa la tête contre son épaule et resta suspendue à ses lèvres. Aurait-il pu lui répondre, éluder la question, ou encore se fâcher ?

Après un long silence, il parut se détendre.

— Bien sûr que je t'aurais épousée, bougonna-t-il. Je ne t'aurais pas laissée seule avec un bébé !

Elle voyait défiler le paysage à travers une sorte de brouillard, et se sentait de plus en plus légère.

— Tu te rends compte ? se prit-elle à rêver, nous aurions un petit garçon, ou une petite fille, qui aurait plus de deux ans aujourd'hui ! Quel bonheur !

— Mais le sort en a décidé autrement. J'ai ma vie, tu as la tienne, restons-en là. Ne rendons pas les choses plus compliquées qu'elles ne le sont déjà.

— Inclus-tu Janine Clarke dans ta vie ? demanda-t-elle, curieuse.

— Quand bien même cela serait, en quoi cela te regarde-t-il ?

En rien, pensa-t-elle, si ce n'est qu'elle aurait le cœur brisé si son Rafe chéri en épousait une autre. Ah ! Si seulement elle avait eu cet enfant ! Ils vivraient ensemble aujourd'hui, l'entourant de leur amour. Alors tout serait simple. Elle ne connaîtrait pas cette angoissante incertitude de l'avenir.

Le reste du voyage se passa sans un mot. Elle somnolait paisiblement lorsque Rafe arrêta la voiture devant le perron du manoir, où Sara guettait nerveusement leur retour.

— Mais qu'est-ce que tu as encore été inventer ? gronda la vieille domestique en la voyant. Tu as une mine épouvantable !

— Merci, Sara, tu es vraiment réconfortante.

— Mais que t'est-il donc arrivé ?

— Elle t'expliquera cela plus tard, Sara, dit Rafe. Pour le moment, prépare-lui un thé bien chaud. Je l'emmène dans sa chambre. Est-ce que tu peux marcher, Hazel ?

— Mais bien sûr, affirma-t-elle avec aplomb en s'engageant dans l'escalier.

A peine eut-elle gravi la première marche que tout se mit à tourner autour d'elle. Elle chancela, et les bras de Rafe la retinrent de justesse.

— Je crois que je suis encore un peu faible, reconnut-elle dans un souffle, avant de se sentir de nouveau saisie et bien en sécurité dans les bras de Rafe qui l'emportait dans sa chambre.

— J'aime quand tu me portes ainsi, murmura-t-elle à son oreille.

Le médicament faisait maintenant complètement son effet. Elle ne maîtrisait plus ce qu'elle disait.

— Rafe, j'ai envie de toi ! Fais-moi l'amour, tout de suite, je t'en prie !

— Veux-tu bien cesser tes stupidités ! marmonna-t-il en poussant du pied la porte de la chambre.

Il marcha vers le lit où il la déposa avec d'infinies précautions.

— Oh, Rafe, viens à côté de moi, nous serons tellement bien...

— « Tu » vas te coucher. Pas moi !

Comment pouvait-il rester aussi insensible à son désir ! Comment venir à bout de son obstination stupide ? Désespérée, elle tenta un dernier stratagème.

— Je ne peux pas garder cette tenue d'infirmière. Elle est trois fois trop grande pour moi ! Tu ne crois tout de même pas que je vais dormir avec ce déguisement ?

Il entreprit de déboutonner la blouse, et elle remarqua, malgré la torpeur qui la gagnait, que cette opération le perturbait.

— Continue toute seule, dit-il d'une voix subitement altérée. Je te l'ai dit : je ne suis pas de marbre.

— Alors, tu me désires ? questionna-t-elle fébrilement.

— Bien sûr ! ... Enfin, non ! Mais cesse de me poser ces questions ridicules !

— Hier soir, tu me désirais très fort, n'est-ce pas ? Alors, pourquoi es-tu parti ? J'avais terriblement envie de faire l'amour avec toi. J'ai même commencé à ressentir du plaisir pendant que tu me serrais fort contre toi.

— Tu racontes n'importe quoi ! bougonna Rafe. Ces médicaments sont vraiment trop puissants. Tu délires, ma pauvre Hazel.

— Tant mieux, car ainsi, je peux enfin te parler sans retenue, je peux te dire tout ce que j'ai sur le cœur. Et sais-tu ce que j'ai sur le cœur ?

Elle se sentait dans un tel état d'euphorie qu'elle aurait

été capable de crier au monde entier son amour pour lui. Elle se voyait très bien sur la place publique, haranguant les villageois.

— Je ne veux pas le savoir, Hazel, cela ne m'intéresse pas. Il est temps que tu dormes. Sois enfin raisonnable !

— Je t'ai dans la peau ! Je te veux, Rafe. Faisons l'amour, implora-t-elle sans retenue.

— Tu as complètement perdu la tête ! s'écria-t-il. Tu as fait une chute grave et tu dois te reposer.

— Je veux que tu viennes à côté de moi, Rafe !

— Non !

— Mais pourquoi ?

— C'est ainsi, martela-t-il.

Elle avait fini de dégrafer la blouse d'infirmière et se retrouvait vêtue de son seul Bikini.

— Déshabille-moi, Rafe. J'ai envie de sentir le contact de tes mains, je désire tes caresses, comme cette nuit, comme par le passé, comme lorsque tu m'as fait découvrir le plaisir... Viens sur moi comme hier, murmura-t-elle d'une voix rauque de désir.

Elle le tira par la manche et tenta de le faire basculer contre elle, mais elle n'en avait plus la force. Le vertige qui lui brouillait l'esprit ralentissait aussi ses gestes.

— Je suis à toi, Rafe, pour toujours. Fais-moi l'amour, je t'en prie, Rafe... Rafe !

Elle sentit ses lèvres contre les siennes, un bref instant, mais il se recula brusquement, comme s'il s'était brûlé.

— Ne me tente pas, Hazel. Sara va monter dans un instant. Tu me mets dans une situation impossible !

— Il suffit de fermer la porte, et Sara comprendra que je dors... Viens près de moi, mon amour !

Elle se tut soudain, consciente, en dépit du brouillard qui lui embuait l'esprit, qu'elle venait de prononcer ces mots : « mon amour ». C'était la première fois de sa vie qu'elle disait ces deux mots merveilleux.

— Tu n'es pas dans ton état normal, protesta encore Rafe. Je ne veux pas abuser de la situation, ce serait indigne d'un gentleman.

— Je me moque de la normalité et des gentlemen, je te veux, Rafe : viens !

— Non, trancha-t-il d'une voix sans appel. Je m'en vais !

Il s'était levé.

Elle tendit les bras vers lui, mais elle ne le voyait plus que d'une façon floue, comme à travers un voile de brume.

— Mon amour ! murmura-t-elle dans un souffle.

Elle sentait que ses forces l'abandonnaient.

— Rafe, mon amour, chuchota-t-elle encore.

Puis, doucement, un autre voile, doux et soyeux, passa devant ses yeux et elle s'endormit.

6.

Lorsqu'elle se réveilla, sa chambre était plongée dans l'obscurité. Elle crut qu'elle était seule, mais un léger bruissement attira son attention.

— Qui est là? demanda-t-elle, inquiète.

Elle voulut se soulever sur un coude mais une violente douleur à la tête l'en empêcha.

— C'est toi, Rafe? dit-elle d'une petite voix.

La lumière s'alluma d'un coup et elle cilla sous la clarté violente.

— Eteins, Rafe, je t'en prie. La lumière est trop forte, supplia-t-elle en se protégeant les yeux.

Mais l'éclat persistait et, à travers ses cils, elle aperçut bientôt Celia qui l'observait d'un air narquois.

— Ce n'est pas Rafe, c'est moi! lança cette dernière d'une voix moqueuse. Mon frère aurait-il l'habitude de venir te voir en plein milieu de la nuit?

— Quelle heure est-il? demanda Hazel, désorientée.

— 3 heures du matin. Pourquoi donc pensais-tu que c'était Rafe? Attendais-tu sa visite?

— Celia, je t'en prie, cesse de me harceler. J'ai un mal de tête atroce.

— Tiens, avale ça.

— Qu'est-ce donc?

— Des cachets contre la douleur. Ça te calmera, du moins je l'espère. Rafe tient à ce que tu les prennes.

Elle avala le médicament, puis se réinstalla contre ses oreillers avec un soupir de bien-être.

— C'est gentil à toi de venir prendre ainsi la garde en pleine nuit, murmura-t-elle.

— Je n'avais guère le choix. L'ordre venait de Rafe, et tu sais bien qu'on a intérêt à lui obéir.

— D'habitude tu ne te gênes pourtant pas pour faire ce qui te plaît, fit remarquer Hazel.

— Certes, mais nous avons eu hier une altercation à ton sujet, et il était tellement furieux qu'il a quasiment menacé de me mettre dehors.

— Ah bon ? dit-elle, surprise. J'en suis désolée.

Elle n'était nullement désolée, mais elle mettait les formes, car elle ne se sentait pas en état d'affronter cette peste.

— Ne pouvais-tu pas te contenter de rester une semaine, puis de t'en aller ? siffla Celia entre ses dents. Mais non, mademoiselle s'est amusée à tout mettre sens dessus dessous dans cette maison puis, comme si ça ne lui suffisait pas, à tomber sur la tête pour attirer l'attention sur elle !

— Tu es injuste, Celia, protesta Hazel d'une voix lasse.

— Tout ce que je souhaite, c'est que tu déguerpisses au plus vite. Alors, je pourrai retrouver ma liberté, et être enfin tranquille.

— Quel égoïsme ! Quelle méchanceté, Celia ! Comment peux-tu dire des choses pareilles ? Je n'ai rien fait de mal...

Celia se leva d'un bond et la fixa méchamment.

— Ne fais pas l'innocente, je suis au courant de tout.

— De tout ? Qu'entends-tu par là ? demanda-t-elle, soudain en alerte.

— Je sais tout de votre nuit dans le cabanon, il y a trois ans, le soir de ton anniversaire.

Stupéfaite, Hazel s'enfonça un peu plus profondément sous les draps. Il lui sembla que le monde s'écroulait autour d'elle.

— Je sais tout! martelait Celia d'un ton victorieux.

— Comment le saurais-tu? balbutia Hazel éperdue.

— C'est Rafe qui me l'a dit. Il m'a tout raconté: ton manège de séduction, ta façon de tourner autour de lui, et finalement comment il a perdu le contrôle de lui-même. Il ne se l'est jamais pardonné, et depuis il est rongé par le remords. J'ai toujours vu clair dans ton jeu, Hazel, tu as tout fait pour le séduire et tu es parvenue à tes fins. Mais lui, le digne tuteur, s'est persuadé qu'il avait compromis une jeune fille innocente, et cette obsession le hante depuis trois ans! Il n'était plus lui-même, toujours préoccupé, toujours l'esprit ailleurs. Comment crois-tu qu'il a eu son accident, lui qui est toujours si prudent. Par distraction, tout simplement. Tout cela est ta faute, Hazel, et maintenant, il est défiguré à vie!

— Je ne te crois pas, tu racontes des histoires, cria Hazel effarée par ce qu'elle venait d'entendre. Tu mens! Tu veux que je me sente coupable parce que tu es jalouse!

La porte de sa chambre s'ouvrit soudain et Rafe apparut, vêtu d'un pyjama.

— Mais que se passe-t-il ici? Qu'avez-vous donc à jacasser à une heure pareille? Je vous entends caqueter depuis une demi-heure! Personne n'a donc le droit de dormir dans cette maison?

— Tu m'avais dit de venir la garder, non? C'est pour cela que je suis ici, répliqua Celia d'un ton acide.

— Je t'avais demandé de veiller sur quelqu'un qui sort de l'hôpital et qui est censé se reposer. Pas de tenir des débats nocturnes! De quoi discutiez-vous de façon si animée?

— De choses et d'autres, d'histoires de femme, lança Celia.

Rafe se passa la main sur le front.

— Vous ne vous rendez pas compte qu'il est 4 heures du matin! dit-il d'un air las. L'heure et le lieu sont vraiment mal choisis pour ce genre de discussion.

Il s'approcha du lit et se tourna vers sa sœur.

— Tu peux aller dormir, maintenant, je vais rester auprès de Hazel.

Celia le toisa, furieuse.

— Dans cette tenue? Tu n'y penses pas!

— Ma tenue n'a aucune importance, dit-il en boutonnant son pyjama jusqu'au cou.

— Mais tu as des rendez-vous demain matin, s'obstina-t-elle. Tu as besoin de repos, et...

— Mêle-toi de tes affaires et va dormir, trancha Rafe d'un ton sans réplique. Je reste auprès de Hazel. Tu peux te retirer.

— Très bien! Après tout, tu es assez grand pour prendre tes responsabilités et assumer tes erreurs! lança-t-elle avant de claquer la porte.

Après le départ de sa sœur, Rafe s'assit sur le lit et prit la main de Hazel avec tendresse.

Ce simple contact lui fit du bien. Elle oublia un instant sa douleur.

— Comment te sens-tu? demanda-t-il d'une voix douce.

— Ça peut aller, assura-t-elle sans grande conviction.

Les paroles de Celia résonnaient encore dans sa tête bourdonnante. Elle se sentait anéantie. Décidément, cette femme était la méchanceté même. Cela devenait un peu plus flagrant à chacune de leurs rencontres.

— J'imagine que Celia t'a encore importunée? hasarda Rafe.

— Oui, si l'on veut, dit-elle d'un ton anodin, comme pour minimiser leur altercation.

Sa tête lui faisait mal mais un peu moins, lui semblait-il, depuis que Rafe était près d'elle. Possédait-il des pouvoirs magiques qui faisaient disparaître la douleur? Elle n'était pas loin de le croire!

— J'ai repensé à ce que tu m'as dit cet après-midi, murmura-t-il l'air pensif.

— Je ne me souviens pas de grand-chose, dit-elle distraitement.

— Tes mots m'ont beaucoup touché. Tu étais réellement... très tendre.

— Je crois que ces sédatifs m'ont mise dans un état d'euphorie un peu particulier, admit-elle en s'efforçant de dissimuler la confusion qui la gagnait.

— Tu ne te souviens vraiment pas de ce que tu m'as dit? insista-t-il, pressant.

— Si, un peu..., murmura-t-elle, troublée.

— Répète-le-moi.

— Non, Rafe, je ne peux pas...

— Tu m'as dit très précisément ceci : « Prends-moi, fais-moi l'amour, j'ai envie de toi, mon amour... » Est-ce que je me trompe?

Elle ne répondait pas, bouleversée de le sentir si près d'elle, et un peu honteuse de lui avoir dévoilé son désir sans la moindre retenue. Jamais elle ne se serait crue capable de dire des mots aussi osés, de proférer des demandes aussi directes. Tout s'était passé comme si elle avait été ivre. Et maintenant, elle en ressentait comme de la honte, comme un regret d'avoir été trop loin.

— Sans doute me suis-je montrée quelque peu... excessive, admit-elle troublée, osant à peine lever les yeux vers lui.

Il s'approcha plus près encore. Son visage la frôlait presque dans la pénombre. Elle sentait son souffle rauque et craignait de succomber encore à son charme.

— Redis-moi ces mots, je veux les entendre de ta bouche, la pressa-t-il en la saisissant aux épaules.

Elle hésitait, tiraillée entre le souvenir des accusations de Celia et le désir qui montait en elle, cette envie impérieuse d'être dans les bras de Rafe, de sentir la caresse de ses mains ardentes...

— Non, Rafe. Tu ne peux pas me demander une chose pareille. Je n'étais pas dans mon état normal. Je me suis reprise, maintenant, je n'oserai jamais, protesta-t-elle, égarée.

— Mais, tout à l'heure, tu osais bien !

— Je ne savais plus ce que je disais, je n'étais pas moi-même...

— Au contraire, tu étais alors vraiment toi-même : sensuelle, amoureuse, ardente et aimante.

Tout en parlant, il avait enlevé, arraché plutôt, sa veste de pyjama, et son torse puissant se dressait devant elle. Les cicatrices ressortaient dans la pénombre, comme pour lui rappeler les accusations de Celia.

— J'ai envie de toi, Hazel, depuis trois ans maintenant. J'ai lutté contre ce désir. J'ai essayé de t'oublier. Mais cet après-midi, tu as tout fait revivre. Tu as envie de moi comme une femme a envie d'un homme. Tu n'es plus une enfant, je le sais maintenant. Nous ne pouvons plus lutter. Rendons les armes ensemble, le désir est trop fort. Faisons l'amour maintenant !

Elle sentit les lèvres brûlantes de Rafe se poser sur les siennes, sa langue éperdue prendre possession de sa bouche, incendiant tout son corps de désir.

Ce baiser, ardent et total, les laissa un instant pantois, hors d'haleine. Elle caressa tendrement le visage blessé.

— Oh, Rafe, murmura-t-elle.

— Il aura donc fallu que j'attende tout ce temps, dit-il d'une voix sourde. Ton souvenir m'a torturé pendant toutes ces années !

— Moi aussi, je n'ai cessé de penser à toi, tu habitais mes rêves et mes nuits, et je n'ai jamais pu oublier ce jour où tu as fait de moi une femme, où tu m'as révélée à moi-même.

Il la serra contre lui, tendre et ardent, et l'embrassa encore. Elle sentit de nouveau des vagues de désir envahir ses membres, son ventre, son corps tout entier.

— Nous allons enfin nous retrouver vraiment, murmura-t-il, nous allons faire l'amour.

Il desserra son étreinte pour s'agenouiller dans une attitude recueillie, comme pour une cérémonie magique. Alanguie sur les oreillers, elle retenait son souffle, admirant dans la pénombre le torse puissant qui la dominait.

Elle passa un doigt sur l'impressionnante cicatrice qui descendait jusqu'au nombril.

— Mon pauvre chéri, je ne peux pas supporter l'idée que ton corps si beau ait été meurtri par...

Elle le sentit se glacer instantanément. Mue par sa seule tendresse, elle venait d'aborder un terrain dangereux, interdit. Mais il était trop tard !

— Ah ! Tu ne peux pas le supporter, rétorqua-t-il vivement en se levant. C'est sans doute pour cela que nous sommes encore dans le noir !

— Mais..., protesta-t-elle timidement, je ne voulais pas... je ne pensais pas...

Elle se mordait les lèvres, prête à pleurer. Elle s'en voulait d'avoir ravivé la douleur qui tenaillait Rafe et qui explosait jusque dans sa voix brisée.

— Tu veux voir à quel point mon corps est ravagé ? s'écria-t-il sourdement.

Il arracha son pantalon de pyjama et ralluma. La lumière violente les inonda soudain, impitoyable.

Des cicatrices profondes zébraient son torse et descendaient, sinueuses, le long de sa cuisse, jusqu'à son genou.

— Mon Dieu ! s'exclama Hazel horrifiée.

— Les voilà, ces cicatrices ! s'écria-t-il d'une voix pleine de colère. Voilà ce qu'est devenu mon corps. J'en souffre jour et nuit. Il est vrai que j'ai eu de la chance : à quelques centimètres près, je n'aurais jamais connu le bonheur de mourir de désir pour toi, comme ce soir.

Il se tut et secoua la tête, désespéré et furieux à la fois.

— J'imagine à quel point tu as dû souffrir, Rafe ! C'est terrible mais, à mes yeux, tu es resté très beau, assura-t-elle avec conviction.

Il ricana avec mépris.

— Tu veux rire ! Je suis horrible à voir.

— Je t'assure que non ! protesta-t-elle avec une sincérité véhémente. J'aime ton corps, ta puissance. Je t'aime tel que tu es. J'aime tes yeux, ta bouche, ton...

— Assez ! s'écria-t-il, je n'ai pas besoin de ta pitié.

— Mais, Rafe... Je suis sincère ! Viens près de moi, mon chéri. Ne te bute pas ainsi.

Il avait ramassé son pyjama et commençait à se rhabiller.

— Reste, je t'en prie, implora-t-elle. Faisons l'amour, maintenant. J'ai envie de toi, je suis brûlante de désir... Ne m'abandonne pas !...

Mais il s'apprêtait à sortir, blessé dans sa chair et dans son orgueil. Elle avait mis le doigt sur sa souffrance la plus intime et il avait réagi avec violence.

Elle comprit qu'elle ne parviendrait pas à le retenir et jugea que la partie était perdue.

— Laisse-moi seulement te demander une chose avant que tu ne t'en ailles, dit-elle.

— Que veux-tu ? bougonna-t-il en se retournant comme à contrecœur.

Elle prit une profonde inspiration et se lança :

— Aurais-tu épousé Janine Clarke si je n'étais pas revenue ?

— Pourquoi me poses-tu cette question ?

— Parce que c'est important pour moi, dit-elle d'une voix qu'elle voulait ferme.

86

— Janine fait partie de mon jardin secret, et je n'ai pas à t'en parler.

De son jardin secret? Mon Dieu! Les choses étaient donc plus sérieuses qu'elle ne le pensait!

— Il y a un instant, reprit-elle, tu voulais faire l'amour avec moi, n'est-ce pas? Si nous avions eu cette étreinte que nous désirions tant tous les deux, aurais-tu malgré tout envisagé de l'épouser?

Rafe parut réfléchir un instant, puis il la regarda droit dans les yeux et répondit :

— Oui, j'aurais pu l'épouser après avoir fait l'amour avec toi.

Elle eut l'impression d'être transpercée par un poignard. Elle retint un sanglot, mais son chagrin était trop fort, et les larmes se mirent à couler sur ses joues.

Elle avala sa salive et fit un effort pour se dominer.

— Es-tu en train de me dire que si, après trois années de séparation, nous étions redevenus amants ce soir, avec toute la force du désir qui est encore en nous, tu ne m'aurais pas épousée?

— Je pense, en effet, que je ne t'aurais pas épousée.

C'en était trop pour elle! Il était trop cruel! Elle éclata en sanglots, détruite par ce qu'elle venait d'entendre.

Il avait la main sur la poignée de la porte, quand il parut se raviser. Bien qu'anéantie, elle reprit espoir. Tout cela ne pouvait être qu'un cauchemar, une mise en scène pour tester son amour. Il allait tout remettre en ordre, comme quand elle était petite.

— Vois-tu, Hazel, nous avons du désir l'un pour l'autre, mais cela s'arrête là. Tâche de comprendre que je dois désormais vivre avec mes cicatrices, et je ne suis pas homme à passer le reste de mes jours à faire l'amour dans l'obscurité, afin qu'on ne les voie pas. Mes blessures te révulsent, mais Janine, elle, n'en a pas peur. Elle s'y est très bien faite.

Hazel eut le souffle coupé par cette révélation, songeant avec horreur à tout ce qu'elle impliquait...

— Janine a vu toutes tes cicatrices ? demanda-t-elle, la voix tremblante.

— Bien sûr, répondit-il.

— Absolument toutes ?

— Toutes, de la tête aux pieds, ajouta-t-il posément, un sourire cruel aux lèvres.

Elle n'arrivait pas à imaginer Rafe faisant l'amour à cette femme, ni à aucune autre ! Mais le pire était qu'il venait de lui dire clairement qu'elle ne représentait rien pour lui, si ce n'était un corps qu'il pouvait désirer, posséder et abandonner à sa guise. Alors qu'une Janine Clarke était beaucoup plus que cela : un corps désiré — et possédé, il ne s'en était pas caché — mais aussi une femme qu'on pouvait épouser.

Il n'aurait pu lui faire pire affront ! La colère s'empara d'elle.

— Je te déteste, Rafe. Tu m'as trop fait souffrir.

Elle s'était redressée, bien droite dans son lit.

— Je te déteste, et tu paieras très cher ce que tu viens de me dire, dit-elle d'un ton menaçant.

Il la défia du regard en franchissant la porte.

— Ça m'étonnerait, rétorqua-t-il l'air amusé. Je crains que tu ne t'avances beaucoup.

Elle entendit son rire sarcastique alors qu'il fermait la porte derrière lui. Alors un sourd projet de vengeance commença à prendre forme dans son esprit. Elle ne se laisserait pas traiter de la sorte !

7.

A 8 heures le lendemain matin, elle descendait l'escalier lorsqu'elle croisa Rafe. Il n'était pas rasé et avait l'air fatigué. Nul doute qu'il revenait de chez Janine Clarke, songea-t-elle avec amertume.

— Mais qu'est-ce que tu fais là ? lui demanda-t-il sèchement.

— Je descends les marches, comme tu le vois, répondit-elle avec ironie.

Elle affectait un air indifférent. Toutefois, pleinement consciente que son short très court et son bustier blanc mettaient parfaitement son corps en valeur, elle avait noté avec plaisir une lueur de convoitise dans le regard de Rafe.

— Ne joue pas à la plus maligne avec moi, gronda-t-il, sans pouvoir détourner les yeux de la mince silhouette hâlée. Tu sais très bien que tu es censée garder la chambre. Et peux-tu m'expliquer à quoi rime cet accoutrement ? Tu es à moitié nue ! Qui cherches-tu encore à séduire ? Si c'est moi, tu perds ton temps !

Elle mit les poings sur les hanches, furieuse.

— Ce n'est pas la première fois que je m'habille ainsi, et tu n'as jamais rien trouvé à redire. Je porte ce que je veux, et si tu te sens provoqué, c'est ton problème !

— Ah ! Je vois, répliqua-t-il avec véhémence. Tu cherches la lutte ouverte : c'est sans doute la première étape de la vengeance promise. Mais sache qu'il ne suffit pas de se promener en tenue légère pour me séduire. J'attends un peu plus que cela d'une femme, tu devrais le savoir.

Outrée de l'allusion non dissimulée à Janine Clarke, elle sentit la colère monter en elle, mais il ne lui laissa pas le temps de riposter.

— Tu vas immédiatement filer dans ta chambre et enlever ça! poursuivit-il avec sévérité.

— Il n'est pas question que je me change, répliqua-t-elle sèchement.

— Je ne te parle pas de te changer! Je t'ordonne de regagner ta chambre et de te mettre au lit. Tu sais très bien que tu n'as pas le droit de te lever avant demain.

Elle le défia du regard.

— Tu veux encore que je me couche, c'est cela?

Elle le vit soudain blêmir. Il se passa une main sur le front et ferma les yeux un instant.

— Je veux que tu ailles te coucher, c'est tout, reprit-il d'un air las.

— Et sans doute voudras-tu me rejoindre dans mon lit, après t'être réveillé dans celui de Janine?

Les yeux de Rafe s'étrécirent et sa bouche se crispa.

— Ne crains-tu pas que toutes ces galipettes soient au-dessus de tes forces? insista-t-elle. En tout cas, il n'est pas question que je passe en second dans ce genre de sport.

Elle prit un air dégagé et voulut descendre les dernières marches, mais elle fut brusquement attrapée par le bras.

— Monte dans ta chambre, immédiatement, avant que je perde patience! grommela Rafe en durcissant sa poigne.

Elle lui fit face avec détermination.

— Il n'en est pas question. Je descends à la plage. J'en ai assez de rester au lit, et ce n'est pas toi qui vas décider de ce que je dois faire.

Rafe parut à court d'arguments, fatigué, surpris peut-être de perdre du terrain.

90

— N'oublie pas ce qu'a dit le médecin, insista-t-il. Tu dois te reposer. Il a été très clair.

— Je peux aussi bien me reposer à la plage.

— Mais tu n'as pas vu la tête que tu as ! Tu es affreuse à voir.

— Merci pour le compliment, dit-elle d'un air goguenard, mais j'ai pu tout à l'heure constater les dégâts dans la glace : mon œil est cerné de bleu, ma joue est jaune et mauve. Seul mon profil gauche est présentable.

Etonné par son aplomb et sa détermination, Rafe parut se calmer un peu.

— As-tu toujours mal ? demanda-t-il, l'air soucieux.

— Seulement quand je ris, dit-elle avec une moue ironique.

Il ne semblait pas très bien comprendre.

— Bien sûr, que c'est toujours douloureux, gros bêta ! lança-t-elle.

— Alors, pas d'histoires, reprit-il. Au lit, et vite !

Avant qu'elle ait pu faire un geste, il l'avait saisie dans ses bras et l'emportait vers sa chambre. Elle tenta en vain de se débattre et se retrouva jetée sans ménagement sur son lit.

— Et voilà, murmura-t-il, blême et essoufflé.

— Tu te sens bien, Rafe ? demanda-t-elle, alarmée par cette subite pâleur.

— Tout à fait bien, affirma-t-il en faisant une grimace.

Elle était certaine qu'il n'en était rien.

— Ecoute, Rafe, tu as à peine dormi, et tu sors de chez Janine... Ne crois-tu pas que c'est déjà beaucoup ? Tu n'as plus vingt ans, excuse-moi de te le dire si franchement. Il faut que tu apprennes à te ménager.

— Tu as peut-être raison. Je te laisse te reposer, ajouta-t-il en quittant précipitamment la chambre.

Elle fut décontenancée par cette abdication pour le moins inhabituelle, et par la faiblesse physique de Rafe. Elle lui obéit néanmoins en se recouchant, consciente qu'elle-même avait présumé de ses forces : sa tentative de sortie matinale l'avait épuisée.

Un peu plus tard, Sara lui apporta le plateau du petit déjeuner. Etrangement silencieuse, la vieille cuisinière semblait préoccupée. Hazel crut entendre un murmure de voix provenant du couloir. Que se passait-il donc ?

— Sara, il m'a semblé reconnaître la voix du Dr Byne. Est-il venu prendre de mes nouvelles ?

— Non, c'est M. Rafe qui ne va pas bien. J'ai dû appeler le docteur.

Hazel sentit son cœur se serrer.

— Que lui est-il arrivé ? Que se passe-t-il ? demanda-t-elle avec anxiété, incapable de maîtriser le tremblement de sa voix.

Elle regrettait amèrement les réflexions ironiques qu'elle lui avait adressées sur son potentiel physique et sur son âge. Comment avait-elle pu se montrer aussi dure avec lui ?

— On ne sait pas encore ce qui s'est passé, mais le médecin pourra sans doute nous éclairer. M. Rafe a eu un malaise ce matin, une sorte d'évanouissement, ce qui ne s'était encore jamais produit. Et surtout, il est d'une pâleur à faire peur.

— Mon Dieu ! murmura Hazel. Il faut que j'aille le voir !

Elle eut un mouvement pour sortir de son lit, mais Sara la retint.

— Non, Hazel, tu ne bouges pas d'ici.

— Mais je veux le voir !

— Tu iras le voir quand le médecin t'en donnera la permission. En attendant, tu restes au lit. N'oublie pas qu'il n'est guère convenable pour une jeune fille de se rendre dans la chambre d'un homme. Que diraient les gens du village s'ils apprenaient cette familiarité ? Décidément, il y a eu beaucoup de relâchement dans cette maison, depuis quelque temps.

Hazel reconnaissait bien là le souci de l'ordre moral cher à la vieille domestique. Avec elle, il n'était pas question d'enfreindre les règles de la bienséance !

— Mais je veux me rendre compte de son état, insista-t-elle.

Sara croisa les bras en la regardant droit dans les yeux.

— Je sais l'attachement que tu portes à M. Rafe depuis que tu es toute petite. Lorsque tu étais adolescente, tu étais déjà amoureuse de lui, mais c'était bien innocent et je n'y trouvais rien à redire. Aujourd'hui, tu es adulte, et tu dois te montrer respectueuse des convenances : on ne se rend pas comme ça dans la chambre d'un monsieur !

— D'accord, Sara, mais alors tu vas me tenir très précisément informée de ce qui se passe.

— Cela ne sera pas nécessaire. Le docteur va venir t'examiner dès qu'il en aura fini avec M. Rafe, et tu pourras lui poser toutes les questions que tu voudras.

— Ne penses-tu pas qu'il serait quelque peu risqué de me laisser seule dans ma chambre avec le docteur ? ironisa-t-elle. Après tout, c'est un homme comme les autres !

— Ne me taquine pas, petite insolente ! gronda Sara avec des yeux rieurs. Prends plutôt ton petit déjeuner, ton café va être froid.

Sara disparut et Hazel commença à grignoter ses toasts avec du beurre et du miel.

Quelques minutes plus tard, on frappa à sa porte.

— Entrez ! dit-elle d'une voix claire.

C'était le Dr Byne.

— Alors, docteur, comment va Rafe ? De quoi souffre-t-il exactement ?

— Il a un peu présumé de ses forces ces derniers temps, et il est très fatigué, mais dans quelques jours il sera rétabli.

Le médecin s'approcha d'elle et observa attentivement son visage.

— Très décoratif, cet œil au beurre noir ! s'exclama-t-il. Comment vous sentez-vous aujourd'hui ?

— Moi, ça va. C'est Rafe qui m'inquiète, avoua-t-elle, soucieuse.

Le médecin eut une moue qui confirma ses inquiétudes.

— C'est sa hanche, n'est-ce pas? demanda-t-elle avec anxiété.

Il acquiesça d'un hochement de tête.

— M. Savage n'est pas homme à se plaindre pour un rien. Il souffre de manière aiguë depuis plusieurs jours et n'en a touché mot à personne. Hier, à l'hôpital, il était déjà très tendu, ce que j'ai cru pouvoir attribuer à l'inquiétude causée par votre accident. Or c'était sa hanche qui le faisait souffrir. Il faut qu'il se fasse opérer sans tarder, car il ne peut rester indéfiniment dans cet état.

Hazel se mordillait nerveusement les ongles.

— Ne pouvez-vous le persuader d'accepter cette opération au plus vite? le pressa-t-elle, pleine d'espoir.

— J'allais vous demander exactement la même chose, rétorqua le médecin.

— Il ne m'écouterait pas, assura-t-elle.

— En êtes-vous sûre?

— Absolument, dit-elle sans hésiter. Je commence à bien le connaître. Pensez-vous que le fait de m'avoir portée dans ses bras ait aggravé les choses?

Le Dr Byne se mordillait la lèvre.

— C'est bien possible, oui. Mais le processus de dégradation avait commencé bien auparavant. On a attendu qu'il soit complètement remis de son accident et qu'il ait retrouvé toutes ses forces afin d'intervenir dans des conditions optimales. Mais maintenant, on ne peut plus attendre. Il commence à souffrir et ce n'est qu'un début. Il faut l'aider à surmonter son aversion pour les hôpitaux, car s'il ne se décide pas rapidement, il aura une hanche abîmée pour le restant de ses jours. J'ai longuement essayé de le convaincre, mais je ne peux le contraindre à une opération à laquelle il se refuse.

94

Ils furent interrompus par l'arrivée de Sara qui, l'air embarrassé, hésitait sur le pas de la porte.

— C'est M. Rafe qui m'envoie, grommela-t-elle en évitant leurs regards.

— Eh bien ? interrogea Hazel.

— Il ne... c'est-à-dire...

La vieille domestique regardait le Dr Byne d'un air gêné.

— Allons, Sara, tu peux parler. Ne sois pas impressionnée par le Dr Byne, voyons !

— M. Rafe trouve qu'il n'est pas convenable que tu restes toute seule dans ta chambre avec le Dr Byne, avoua Sara.

— Mais le Dr Byne est médecin ! s'exclama Hazel. Tous les médecins visitent leurs patients dans leur chambre, il n'y a rien d'anormal à cela.

Le jeune homme intervint en souriant.

— Peut-être les médecins ont-ils rarement le privilège de rendre visite à des jeunes femmes si...

Sara ouvrit des yeux ronds, attendant le qualificatif qui tardait à venir.

— Si..., hésitait-il, aussi... délicieusement charmantes ! conclut-il enfin.

La grosse cuisinière hocha la tête avec satisfaction.

— Vous voyez ! fit-elle remarquer d'un ton victorieux, M. Rafe n'avait pas complètement tort de s'inquiéter.

Le Dr Byne partit d'un éclat de rire.

— Rassurez-vous, Sara, je sais faire la distinction entre mon métier et ma vie d'homme. Il existe entre les deux une frontière absolue que je ne franchirai pas. J'ai prononcé le serment d'Hippocrate et je respecte le code de déontologie médicale. De plus, ma chère Sara, je sais le fidèle ange gardien que vous êtes pour cette maison, et je ne ferai jamais rien qui puisse vous choquer : je ne supporterais pas de vous décevoir...

— Comme il parle bien ! murmura Sara. C'est vraiment

un bon garçon! soupira-t-elle, émue et définitivement conquise par le jeune médecin.

La journée parut interminable à Hazel qui piaffait d'impatience de voir Rafe. Mais le Dr Byne avait donné des instructions très claires : Rafe avait besoin de repos, et personne ne devait le déranger. Elle ne pourrait le voir que dans la soirée, s'il était réveillé.

Elle avait tué le temps comme elle l'avait pu, prenant et délaissant livres et magazines, faisant les cent pas dans sa chambre... Rien n'arrivait à la distraire. Le soir venu, elle n'en pouvait plus : il fallait qu'elle le voie.

Sara entra dans sa chambre pour reprendre le plateau du dîner, elle bondit hors de son lit.

— Il va falloir que tu patientes jusqu'à demain matin, annonça la vieille femme.

— Pourquoi?

— M. Rafe s'est réveillé tout à l'heure, mais il a repris des sédatifs. Il dort maintenant comme un bébé, ajouta-t-elle avec un sourire attendri.

Hazel ne put dissimuler sa déception et soupira tristement.

— Oh, Sara, je voulais tellement le voir!

— Il dort à poings fermés, et ça vaut mieux pour lui que d'écouter ton babillage, grommela-t-elle.

— Je ne « babille » pas! protesta Hazel, indignée. Ne puis-je aller le voir, même s'il dort? Comme ça, je serai là à son réveil!

— Pas question! Il se peut qu'il dorme jusqu'à demain. Sois patiente, et tu auras tout le temps de le voir, ton cher Rafe!

Dans les heures qui suivirent, Hazel ne cessa de ruminer. Elle avait tellement besoin d'être rassurée sur le sort de Rafe. Après tout, s'il dormait, elle ne risquait pas de le déranger!

Prise d'une impulsion subite, elle se leva, passa à la hâte un jean et un T-shirt, puis, sur la pointe des pieds, se glissa jusqu'à la porte de Rafe.

Elle tourna doucement la poignée et entra dans la chambre.

La respiration de Rafe était régulière. Sara avait raison : il dormait à poings fermés. Elle s'approcha du lit et observa attentivement l'homme qu'elle aimait. Ses traits étaient plus doux dans le sommeil. Quel bonheur de pouvoir enfin contempler, sans retenue aucune, le torse puissant, le beau visage mâle. Abîmée dans sa contemplation, elle sursauta quand les yeux bleus s'ouvrirent et la dévisagèrent.

— Hazel ! murmura-t-il d'une voix endormie. Tu es là ?

— Rafe, chuchota-t-elle, comment te sens-tu ?

— Ça va. Je parie que tu as déjoué la surveillance de Sara. Elle en ferait une maladie si elle le savait.

— Pari gagné, mais elle ne m'a pas vue !

— Quelle heure est-il ?

— Presque minuit.

Il s'étira nonchalamment et tendit un bras vers elle dans un geste plein de tendresse.

— Viens près de moi, dit-il d'une voix douce.

— Dans ton lit !

Décontenancée, elle ne savait que répondre, partagée entre le désir de rester près de lui et le souci de ne pas le fatiguer.

— Mais tu es malade, Rafe. Ce ne serait pas raisonnable...

— N'aie aucune crainte, Hazel. J'ai envie de sentir ta présence, tout simplement. Je ne suis pas en état de...

Il ne lui en fallut pas davantage pour comprendre ce qu'il n'osait exprimer. Il n'était pas en état de faire l'amour, ce qui était bien naturel.

— Je vais chercher ma chemise de nuit et je reviens, lança-t-elle vivement.

— Cela n'a aucune importance. Prends mon haut de pyjama qui est sur cette chaise. Il fera parfaitement l'affaire.

— Mais...

— Ne t'inquiète pas. Je regarderai ailleurs pendant que tu te changes, c'est promis, dit-il d'une voix mi-sérieuse, mi-enjouée.

Elle se changea en vitesse et se glissa dans le grand lit. Les bras de Rafe l'attirèrent bientôt contre lui, et elle se sentit troublée par cette situation insolite : être dans les bras de l'homme aimé, sachant qu'il n'allait pas lui faire l'amour.

— Ne te fais aucun souci, Hazel, je suis incapable de bouger : ces médicaments m'abrutissent, et ma hanche me fait un mal de chien.

— Mon pauvre chéri, murmura-t-elle en posant délicatement la main sur sa hanche.

— Mais tu as intérêt à bien te tenir, sinon tu retournes dans ta chambre ! lança-t-il en guise d'avertissement.

— Promis, dit-elle, je ne jouerai pas le démon tentateur.

— Je veux juste te sentir contre moi, comme cela, calmement, paisiblement..., murmura-t-il.

Quelques secondes plus tard, elle sut à sa respiration qu'il dormait tranquillement, tout contre elle.

8.

Un fracas de vaisselle brisée les réveilla brusquement. Il était 7 heures du matin. Dans l'embrasure de la porte, Sara, les yeux agrandis par la stupéfaction, venait de lâcher son plateau. Elle semblait pétrifiée et les fixait avec ahurissement.

Hazel sentit le rouge lui monter aux joues, puis le sang quitter son visage. Elle savait qu'à cet instant elle devait être livide.

Elle tenta désespérément de commencer une phrase afin de dédramatiser la situation, mais pas un son ne voulut sortir de sa gorge.

Le silence était tendu, insupportable; s'il se prolongeait, elle allait défaillir. Une sorte de brouillard la gagnait déjà, au travers duquel elle entrevit Sara qui, tel un automate, faisait lentement demi-tour, les mains crispées sur son tablier.

— Sara! lança Rafe, stoppant net la cuisinière dans sa retraite.

Elle s'arrêta et pivota sur elle-même, tout empruntée d'une raideur qui disait bien son indignation.

— Oui, monsieur?

Rafe se cala contre les oreillers d'un air parfaitement naturel, et lui adressa un large sourire.

— Sara, reprit-il d'une voix pleine d'entrain, j'espère que tu seras la première à nous féliciter !

— Vous féliciter ? Mais de quoi ? demanda la brave femme en lui jetant un regard scandalisé.

Il passa alors un bras autour de Hazel, et l'attira contre lui dans un mouvement de possession brutale. Ce geste eut sur elle l'effet d'un électrochoc. Le brouillard s'était dissipé et elle mesurait pleinement l'horreur de la situation.

— Hazel et moi allons nous marier, dit-il d'un ton calme et triomphant.

Elle n'en croyait pas ses oreilles : quel mensonge impudent. A moins qu'il ne s'agît d'une plaisanterie grossière ? Elle se tourna vers lui : il n'avait pas l'air de plaisanter.

Sara demeurait sur le seuil de la porte, totalement médusée.

— ... Vous marier ? balbutia-t-elle.

— Oui, reprit Rafe. Nous avons quelque peu anticipé la nuit de noces, mais cela n'a pas d'importance.

Sara eut un bref hochement de tête.

— Si vous le dites, monsieur Rafe, dit-elle en toussotant pour dissimuler sa gêne. Mais comprenez ma surprise. Tout cela est bien inattendu, bien soudain...

— Certes, répliqua Rafe, mais nous allons régulariser les choses dès samedi.

— Dès samedi ? répéta Sara, incrédule.

— Absolument. Le mariage se fera samedi prochain.

— Bien, monsieur Rafe. Je n'aurais pas fait les choses comme ça, mais du moment que vous êtes heureux tous les deux... Je n'ai plus qu'à ramasser la vaisselle cassée et à vous laisser entre amoureux.

— Vous ferez le ménage plus tard, Sara. Vous pouvez vous retirer et aller annoncer la nouvelle.

— Alors... toutes mes félicitations, conclut la cuisi-

nière, manifestement troublée, avant de s'esquiver précipitamment.

Hazel bondit hors du lit et laissa exploser sa colère.

— Qu'est-ce que cela signifie? s'écria-t-elle furieuse.
Tu es devenu fou? Tu as cru t'en sortir par une pirouette,
mais comment réagira cette pauvre Sara quand elle
découvrira que tu t'es moqué d'elle?

— Nous allons nous marier samedi, comme je viens
de l'annoncer à Sara. Considère que la chose est doréna-
vant officielle.

L'expression de Rafe était indéchiffrable, son regard
dur, et son ton sans appel.

— Je tiens à te féliciter, moi aussi : tu tiens ta vengeance! Tu me l'avais annoncée, mais je ne pensais pas
qu'elle viendrait si vite!

— Que veux-tu dire par là?

— Je t'épouse, non? Tu es arrivée à tes fins! Tu es
très forte!

— Je ne comprends pas tes allusions, insista-t-elle.
Pourrais-tu être plus clair?

— Tu sais très bien ce que je veux dire. Après la
découverte du pot aux roses par Sara, il était impossible
de rester dans la situation où nous étions. C'était une
excellente idée que d'être venue hier soir dans ma
chambre...

La perfidie de l'accusation la fit bondir.

— Mais je n'avais aucunement l'intention de venir
dans ton lit. C'est toi qui me l'as demandé...

— C'est vrai, mais ce matin tu aurais dû retourner
dans ta chambre à l'aube, afin que personne ne s'aper-
çoive que tu avais dormi avec moi.

C'en était trop. Comment osait-il inverser les rôles? Il
était aussi responsable qu'elle!

— Rafe, tu...

— Maintenant, c'est trop tard, trancha-t-il durement. Sara fait partie de la famille autant que toi, et il n'est pas question de la choquer, ni de choquer le village. C'est pour cela que nous allons nous marier. C'est bien ce que tu voulais, non ? lança-t-il d'une voix rude.

Tout cela était révoltant. Jamais elle n'avait voulu une chose pareille.

— Je ne veux pas d'un mariage dans de telles conditions. Cela ressemble à un mariage forcé, protesta-t-elle avec véhémence.

— Tu as préparé le lit de ta revanche, et maintenant il faut t'y coucher... Dans tous les sens du terme, gronda-t-il. A partir de maintenant, il faudra t'habituer à mes cicatrices, quelque horribles que tu les trouves ! Car dès que tu seras ma femme, tu partageras mon lit toutes les nuits, et même le jour si j'en ai envie.

— Mais Rafe, tout cela est insensé ! Il n'est pas question de nous marier si ce sont ces raisons-là qui t'y poussent.

— Je t'épouse parce que j'y suis obligé, insista-t-il. Sinon, je n'aurais jamais décidé un tel mariage !

Tant de cynisme lui donnait la nausée. Mais user des mêmes armes n'eût fait qu'aggraver les choses et ne l'aurait pas fait changer d'avis.

— Maintenant, va prendre ton petit déjeuner. Moi, j'ai du travail.

— Mais le Dr Byne a dit qu'il fallait que tu te reposes...

— Je me moque de ce qu'a dit Byne. Et j'en profite pour te prévenir que je ne supporterai pas qu'il tourne autour de toi. Maintenant que tu vas être ma femme, j'exige une fidélité absolue de ta part.

— Et qu'en sera-t-il de la tienne ? rétorqua-t-elle, piquée au vif.

— Ce sera à moi d'en décider, conclut-il d'un ton sans réplique.

De retour dans sa chambre, Hazel tenta de se ressaisir. Ce n'était pas le moment de réfléchir au gâchis qui venait de s'abattre sur sa vie. « D'abord, donner le change, songeait-elle en se préparant avec soin. Je ne veux pas que Sara s'inquiète, elle a eu assez d'émotions pour aujourd'hui. Et surtout, il ne faut pas que Celia puisse soupçonner quoi que ce soit. Je ne lui donnerai pas cette satisfaction. Après le petit déjeuner, j'y verrai plus clair et je réfléchirai à la conduite à adopter. »

Avant même qu'elle eût atteint la salle à manger, Sara se précipitait à sa rencontre.

— Hazel, je te préviens, Celia est dans tous ses états !

— Celia ? Que se passe-t-il encore ?

Sara semblait réellement inquiète.

— Tu la connais quand elle est en colère... Mais aujourd'hui, cela dépasse tout ! Elle s'est transformée en véritable furie ! Elle hurle, donne des coups de pied dans les meubles, n'écoute personne, bref : elle est déchaînée. Elle a cassé deux vases !

— C'est son problème, dit calmement Hazel qui n'avait guère envie de s'intéresser aux humeurs de Celia car elle avait suffisamment de soucis pour l'instant.

— Ça peut devenir celui des autres, répliqua Sara. Enfin... tu ne pourras pas me reprocher de ne pas t'avoir prévenue...

— Merci, Sara, tu es un ange !

— J'essaie seulement d'être ton ange gardien, Hazel, bougonna-t-elle en retournant à sa cuisine.

Hazel prit une profonde inspiration. Arrivée sur le seuil de la salle à manger, elle écouta attentivement la discussion que Celia avait avec son frère.

— ... Si tu avais envie de coucher avec une fille, il fallait au moins t'assurer que les domestiques restassent en dehors de ça, vociférait Celia.

Hazel se recula légèrement et resta dans l'ombre tandis que Celia continuait son persiflage.

— Il fallait faire attention ! Tu t'es conduit comme un gamin. C'est inadmissible !

— Mais je ne..., protesta Rafe.

— Il fallait l'emmener à l'hôtel, faire « cela » discrètement... Ou bien aller dans ce cabanon de la plage, là où tu l'avais séduite il y a trois ans... Que dis-je ? Là où « elle » t'avait séduit ! Car elle était continuellement en train de tourner autour de toi, comme une mouche sur du miel...

Elle s'interrompit soudain, apercevant Hazel dans l'embrasure de la porte.

— Ah, te voilà, lança-t-elle de sa voix fielleuse. J'étais justement en train de parler de toi...

Hazel entra, la tête haute, se préparant à contre-attaquer sans faiblir.

— J'ai très bien entendu, rétorqua-t-elle. Tes commentaires me vont droit au cœur. Je constate que tu es toujours pleine de délicates attentions à mon égard.

— Ça suffit comme ça, trancha Rafe. Nous allons nous marier, et le reste est secondaire.

— Secondaire ! hurla Celia.

Hazel crut qu'elle allait s'étrangler de fureur.

— Cette greluche s'est servie de toi, elle t'a piégé !... Ne te rends-tu pas compte que tu ne représentes pour elle qu'un trophée de plus à son tableau de chasse ? Un homme de plus parmi ses nombreuses conquêtes !

Rafe secouait lentement la tête en signe de dénégation.

— Tu n'imagines tout de même pas que tu étais le premier ! lança-t-elle d'une voix acide. Tu ne peux pas être aussi naïf !

— Je me souviens avec beaucoup de précision que j'ai

été son premier amant, révéla-t-il d'un ton calme. Ce sont des choses qui ne trompent pas.

— Mais après ! Après ! C'est cela l'important ! Elle t'a trompé avec des tas de garçons ! Crois-tu peut-être qu'aux Etats-Unis mademoiselle t'est restée fidèle ? Elle a dû...

— Tu profères des accusations sans le moindre fondement, protesta calmement Rafe.

Hazel n'avait toujours rien dit. Elle savait bien que s'opposer à cette harpie n'aurait fait qu'attiser sa fureur.

— C'est ça ! Prends sa défense ! hurla Celia... Ah ! Vous êtes beaux, tous les deux ! Vous faites un joli couple !

Hazel vit que Rafe commençait à perdre patience. Celia reprit son souffle et poursuivit :

— Lorsque tu es revenue d'Amérique, j'ai immédiatement compris que tout allait changer. J'ai bien deviné que ton objectif était de devenir la maîtresse du domaine des Savage. Voici que tu arrives à tes fins, et que pour cela tu es prête à épouser un infirme couvert de cicatrices qui a presque le double de ton âge !

Rafe, blême, s'était levé.

— Tu vas trop loin ! s'écria-t-il.

Hazel, toujours en retrait, les observait, abasourdie par la violence de leur dispute.

— Si tu épouses cette traînée, je m'en vais ! menaça Celia.

— Je ne te retiens pas, lança Rafe.

— Je suis très sérieuse, ajouta-t-elle.

— Je le suis également, rétorqua-t-il.

Hazel ne disait toujours mot, préférant attendre que la tempête se calme.

— Alors je pars, grinça Celia entre ses dents. Je ne resterai pas une minute de plus dans cette maison.

— Tu es libre, dit calmement Rafe.

Celia disparut en claquant une première porte, puis une

seconde. Quelques instants plus tard, l'ultime claquement de la porte d'entrée faisait vibrer toute la demeure.

Hazel remarqua la pâleur de Rafe. Les paroles blessantes assenées par sa sœur l'avaient atteint de plein fouet.

— J'espère que tu ne crois pas un mot de tout ce qu'elle a dit ? demanda-t-elle doucement. Tu sais qu'elle s'emporte facilement !

Rafe passa une main lasse sur son front, comme pour effacer la douleur qui l'étreignait.

— Elle pensait chaque mot de ce qu'elle disait, murmura-t-il amèrement. J'ai du mal à imaginer que cette folle, cette hystérique, puisse être ma sœur.

Son abattement était total, même s'il essayait de le dissimuler avec beaucoup de dignité.

— « Un infirme couvert de cicatrices !... » répéta-t-il, la voix brisée par une lassitude qu'elle ne lui avait jamais vue.

Bouleversée, elle s'approcha tout près de lui, désirant de tout cœur effacer les odieuses insultes qu'il venait d'essuyer.

— Ecoute, Rafe, tu ne vas pas...

— Elle a raison : je suis cet infirme, affirma-t-il en hochant lentement la tête. Tu vas épouser un infirme. N'est-ce pas un prix trop élevé pour ta revanche ?

La voix tremblante d'émotion, elle tenta de trouver les mots qui pouvaient l'apaiser.

— Ne sois pas injuste, Rafe. Tu sais bien — ou en tout cas tu devrais savoir — que je t'aime tel que tu es, cicatrices ou non.

— Et les autres, les aimais-tu autant ?

— Quels autres ? riposta-t-elle, blessée.

— Tes petits amis d'Amérique ! Tu en as connu certainement plusieurs... Faisaient-ils bien l'amour ? Savaient-ils te rendre heureuse ?

— Rafe, je t'en prie ! Ne tombe pas dans le piège de ta sœur : tu sais qu'elle aurait inventé n'importe quoi pour me nuire !

— Mais elle ne se trompait pas lorsqu'elle évoquait tes amants américains...

Profondément offensée par ces soupçons qu'elle savait infondés, elle recula d'un pas, et prit une longue inspiration, déterminée à rétablir la vérité :

— Ecoute-moi bien, Rafe, dit-elle en détachant chacun de ses mots, je n'ai jamais couché avec un autre homme que toi.

— Voyons, Hazel, l'arrêta-t-il avec un petit rire sans joie, j'ai bien pris la mesure de ton extrême sensualité... Tu es un véritable volcan. N'essaie pas de me faire croire que tu as pu, pendant ces trois années, te passer de relations amoureuses !

— C'est pourtant le cas, assura-t-elle avec ardeur. Je n'ai jamais fait l'amour avec personne d'autre qu'avec toi, il y a trois ans.

— J'ai du mal à le croire. Quoi qu'il en soit, nous allons nous marier puisque les événements ont fait qu'il a bien fallu en arriver là. Considérons que ce sujet est clos pour le moment.

9.

La perspective d'un mariage décidé dans des conditions aussi absurdes la désolait. Elle aimait Rafe, sincèrement, totalement, elle en était certaine. Ses cicatrices faisaient partie de sa vie et elle les acceptait pleinement. Mais elle ne pouvait supporter l'idée qu'il l'épouse pour sauver la face — ou pire encore — parce qu'il la suspectait de lui avoir délibérément tendu un piège.

Certes, Rafe souffrait des répercussions psychologiques de son accident. Il doutait de lui, et cela le rendait agressif. Mais elle savait que cela n'était pas sa nature. Elle avait été frappée par cette agressivité de parade lorsqu'il avait laissé entendre qu'il pourrait lui préférer Janine Clarke. Dire qu'elle y avait presque cru! Lui-même n'était pas dupe de ses sentiments mais, par fierté sans doute, il se refusait à les admettre. Il lui faudrait donc l'apprivoiser, lui faire comprendre la sincérité et l'intensité de son amour.

Saurait-il l'entendre?

Elle finissait de boire son café lorsque retentit le claquement brutal d'une portière, immédiatement suivi du crissement furieux de pneus sur le gravier.

Un instant plus tard, Sara entrait dans la salle à manger.

— Mlle Celia a pris ses valises et elle vient de partir, annonça-t-elle d'un air consterné.

— C'est bien ce que je me disais. Finalement, elle se sera montrée bruyante et odieuse jusqu'au bout.

— Dans sa précipitation, elle a même cassé plusieurs poteries anciennes chères à M. Rafe, reprit Sara.

— Cette bassesse dans la vengeance porte bien sa signature, conclut Hazel, laconique.

— Je ne l'ai jamais vue dans un état pareil, reprit la vieille femme. J'ai l'habitude de ses colères mais, là, quand elle a appris que vous alliez épouser M. Rafe, elle... elle écumait de rage !

Hazel ne put s'empêcher de sourire à cette image. Elle imaginait parfaitement Celia déchaînée, faisant ses valises avec frénésie, claquant les portes de ses placards, allant, dans sa fureur, jusqu'à jeter à terre les poteries et objets d'art qu'elle savait amoureusement réunis par son frère. Dieu merci, la peste était partie : ce serait déjà un souci de moins.

— Dis-moi, Hazel, que dirais-tu d'une petite omelette ? proposa Sara. Tu es mince comme un fil. Maintenant que tu te maries, il te faut prendre quelques formes.

— Tu es gentille, Sara, mais je n'ai pas faim. Tous ces événements m'ont quelque peu tourné la tête, et j'ai négligé mon nouveau travail. Aurais-tu oublié que je suis maintenant secrétaire ?

— Je comprends, dit Sara, mais il va falloir que tu mènes une vie un peu plus raisonnable dans les jours qui viennent. Je vais te préparer de bons petits plats qui vont te ragaillardir !

— Pour l'instant, je vais aller travailler. J'ai du courrier à taper pour Rafe.

— Chaque chose en son temps ! protesta Sara. Il faut que tu t'occupes d'abord d'un tas de détails pratiques pour le mariage : en premier lieu il faut qu'on te commande une robe de mariée !

Hazel, attendrie, adressa un sourire à Sara.

— Crois-tu qu'après le spectacle dont tu as été témoin ce matin je puisse décemment porter la virginale robe blanche ?

— Bah, admit Sara, tu y es allée peut-être un peu vite, mais n'est-ce pas ainsi qu'agissent tous les jeunes, aujourd'hui ? On a bien le droit de se marier en blanc, même si, même si...

Elle hésitait, et Hazel s'amusait de sa gêne.

— Même si quoi ? insista-t-elle pour taquiner la prude gouvernante.

— Mmm..., marmottait Sara, dont les joues s'étaient singulièrement empourprées.

— ... Même si l'union a été consommée avant l'heure, c'est ce que tu veux dire ?

Sara approuva de la tête, manifestement choquée par la formule abrupte.

— Il ne faut pas oublier que les gens du village ne comprendraient pas que tu ne sois pas en blanc le jour de ta messe de mariage.

— Ma messe de mariage ? s'étonna Hazel. Mais nous n'avons pas prévu de...

— M. Rafe m'a pourtant bien dit que le mariage aurait lieu à l'église.

Hazel haussa les épaules. Après tout, quelle importance que tous ces détails ! Leur mariage était suffisamment compliqué pour ne pas y mêler des considérations somme toute bien secondaires.

— Tu sembles bien perplexe, mon petit ? murmura Sara, qui la connaissait mieux que personne. Qu'est-ce qui te tracasse ?

— Rien, Sara, répondit-elle. Je suis un peu désemparée, c'est tout. Sois gentille : en ce qui concerne la robe et le reste, nous nous en occuperons plus tard. Pour le moment, je préfère travailler. Ça me changera les idées. Si on me demande, je suis dans le bureau de Rafe.

Elle se mit à la tâche avec tant d'ardeur que la journée passa sans qu'elle y prît garde. Ce ne fut qu'en fin d'après-midi qu'elle s'accorda un moment de répit dans le jardin, et elle y savourait un thé glacé quand Trisha vint la rejoindre.

— Oh, mon Dieu, ce bleu ! Tu dois avoir terriblement mal !

— Non, je t'assure. C'est spectaculaire, mais peu douloureux.

— J'ai téléphoné plusieurs fois pour avoir de tes nouvelles, poursuivit Trisha, mais je suis toujours tombée sur Celia ou Rafe, et j'avoue qu'ils ont été plutôt laconiques. D'après, Rafe, tout allait bien et tu te reposais ; Celia, quant à elle, me raccrochait quasiment au nez.

— Ça ne m'étonne pas d'elle, nota Hazel.

— Comment ça se passe avec ta chère cousine ? Le temps est toujours à l'orage ? interrogea Trisha.

— Elle est partie, après une dispute pour le moins explosive.

— C'est du sérieux ou du provisoire ?

— Je crois bien que c'est du définitif. Après une crise de démence, elle a claqué la porte en disant qu'elle ne remettrait plus jamais les pieds ici.

Trisha paraissait tout émoustillée. Hazel devina que son amie se retenait de lui poser une question qui de toute évidence la taraudait. Elle l'encouragea du regard.

— Son départ a-t-il quelque chose à voir avec la rumeur qui circule dans le village ? On y raconte que tu vas te marier avec Rafe...

Trisha la dévisageait, stupéfaite.

— Alors, c'est vrai ? Tu vas te marier ? Pour de bon ?

— Eh oui, ma chère.

— C'est incroyable ! s'exclama la jeune femme, au comble de l'excitation.

— Nous nous marions samedi prochain.

— Déjà? Mais les gens vont jaser : c'est tellement soudain...

— Qu'ils jasent ! De toute manière les jaseurs jaseront toujours, que je me marie samedi ou dans six mois.

— Mais pourquoi faire si vite ? Serais-tu... ?

Elle abaissa un regard incrédule vers la taille de Hazel, qui partit d'un grand éclat de rire.

— Non. Je ne suis pas enceinte, rassure-toi.

— Alors pourquoi cette précipitation ?

— Tu sais bien que j'ai toujours aimé Rafe...

— Oui, je me souviens qu'autrefois tu étais terriblement amoureuse de lui, mais aujourd'hui... J'avoue que je ne m'étais pas posé la question !

— Je l'aime encore, et je l'aimerai toujours. C'est pourquoi la date m'importe peu. Aujourd'hui ou demain : quelle importance !

Trisha se mordillait la lèvre inférieure, et Hazel sut qu'une autre question délicate allait surgir.

— Et lui ? demanda Trisha. Est-ce qu'il t'aime ?

Elle regarda son amie droit dans les yeux.

— Non.

Trisha eut l'air horrifié.

— Tu plaisantes ?

— Il ne m'aime pas. Tu vas donc me demander pourquoi il veut m'épouser ?

— Bien sûr, répondit Trisha.

— Parce qu'il s'y croit obligé.

— Mais pourquoi cela ?

Elle lui raconta les faits : l'irruption inopinée de Sara dans la chambre de Rafe, la réaction déconcertante de celui-ci, la gêne de la vieille cuisinière, et la discussion houleuse qui avait suivi le départ de cette dernière...

Trisha ne put retenir un début de fou rire.

— J'imagine le tableau : Sara ouvrant la porte, et vous découvrant au lit tous les deux ! Elle a dû faire une de ces têtes !...

— Elle a été quelque peu déconcertée, c'est le moins que je puisse dire, avoua Hazel.

— Mais Sara n'aurait jamais été colporter l'affaire dans le village, assura Trisha. Elle n'est pas le genre de femme à raconter des secrets d'alcôve. Alors, je ne comprends pas l'entêtement de Rafe.

— Il est possible qu'il ait eu d'autres motivations que la crainte d'un scandale. Tu sais, tout le monde ne se marie pas par amour, comme on l'imagine.

— Quelles motivations? demanda Trisha intriguée.

— Par exemple, le désir physique, dit Hazel.

Son amie la regardait, incrédule.

— Il t'épouserait donc pour le plaisir, pour le... Enfin, pour *ça*! C'est incroyable!

— C'est pourtant vrai, assura Hazel. Mais peu m'importe! Je l'aime, et j'ai envie de vivre auprès de lui. Je suis sûre qu'il m'aime aussi, et j'espère qu'avec le temps il parviendra à accepter ses véritables sentiments.

Elle en était déjà moins convaincue lorsqu'elle prit place, seule, dans la grande salle à manger déserte. Rafe n'avait pas daigné reparaître et elle ressassait son amertume, insensible aux regards compatissants de Sara qui lui apportait un plat après l'autre. Comment osait-il la laisser dîner seule, le jour même où il avait annoncé leur mariage! Comment pouvait-il se montrer aussi dur et insensible à son égard! S'était-il réfugié chez Janine Clarke? Décidément, cette soirée augurait bien mal leur mariage : il se conduisait comme un mufle, doublé d'un goujat!

Elle entendit soudain le bruit d'une porte et son cœur se gonfla d'espoir. Mais ce n'était que Sara, qui venait l'avertir qu'elle avait servi le café dans le salon.

Elle se rendit dans la petite pièce confortable et

intime, qui lui parut soudain aussi lugubre que la salle à manger. A peine s'était-elle installée dans un profond fauteuil que Sara arriva à petits pas pressés, l'air affolé.

— Il y a un monsieur, dans l'entrée, qui désire voir Mlle Celia. Qu'est-ce que je dois faire ?

— Qui est-ce, demanda Hazel intriguée. A-t-il dit son nom ?

— Je crois avoir entendu « Lougan » ou « Lorgan »...

— Carl Logan ! s'exclama-t-elle, stupéfaite. Fais-le entrer, Sara, je veux le voir.

Lorsque le jeune homme pénétra dans la pièce, vêtu d'un élégant costume gris, elle s'élança gaiement à sa rencontre.

— Bonjour, Carl. Comment vas-tu ? Que c'est gentil à toi d'être venu nous voir !

Toujours égal à lui-même, un sourire amical aux lèvres, il se dandinait d'une jambe sur l'autre, manifestement mal à l'aise.

— Salut ! lança-t-il familièrement.

Derrière la décontraction de façade, Hazel lui trouva l'air quelque peu empêtré.

— Assieds-toi. Que veux-tu boire ? Whisky ? Porto ? Coca ?

Il s'assit sur le bord de la chaise qu'elle lui indiquait.

— Un peu de whisky, merci. J'avais rendez-vous avec Celia, mais ta gouvernante m'a dit qu'elle venait de partir.

— En effet, Carl, elle est partie.

Il avait l'air désemparé.

— Mais... où ? demanda-t-il d'une voix hésitante.

— Je ne sais pas, répondit-elle.

« Au diable, maugréait-elle intérieurement, et qu'elle y reste ! »

— Mais elle va revenir, n'est-ce pas ? insista-t-il.

— Je ne crois pas. Elle a fait ses valises en quatrième

vitesse, et je pense qu'elle a dû oublier votre rendez-vous. Mais sans doute t'appellera-t-elle lorsqu'elle s'en souviendra.

Rien n'était moins sûr, songeait-elle, car Celia s'était toujours bien moquée de ses rendez-vous manqués.

— Je te ressers un verre? proposa-t-elle en voyant le désarroi du jeune homme.

— Avec plaisir, murmura-t-il en fronçant les sourcils.

Le pauvre garçon avait l'air perplexe. Elle l'observa avec une certaine compassion tandis qu'il avalait son verre d'un trait.

— Ça va mieux? lui demanda-t-elle, pleine de sollicitude.

Il hocha la tête.

— C'est bizarre. Celia ne m'a pas parlé d'un déplacement quelconque, ni d'un voyage... A-t-elle dû se rendre auprès d'une personne malade?

Il connaissait décidément bien mal Celia! Même à l'article de la mort, on n'avait guère de chances de recevoir sa visite...

— Non, ce n'est pas cela. En fait, Celia a décidé de partir lorsqu'elle a appris que j'allais me marier avec son frère.

Carl avala soudain de travers et fut saisi d'une violente quinte de toux.

— Tu... vas épouser ton... cousin? articula-t-il à grand-peine.

— Il n'est pas à proprement parler mon cousin. J'étais déjà née lorsque mon père a épousé la cousine de Rafe.

— Et c'est à cause de votre mariage que Celia est partie! s'exclama le jeune homme incrédule. Mais c'est ridicule!

— Je suis bien d'accord. Mais cette nouvelle l'a vivement contrariée, et elle a fait ses valises dans l'heure qui a suivi.

116

Carl se leva brusquement, et renversa dans son élan la tasse de Hazel.

— Je... suis désolé, balbutia-t-il en rougissant. Je voulais juste prendre congé, et voilà que je fais des dégâts...

Elle remarqua qu'il tanguait légèrement, probablement sous l'effet des deux whiskies consécutifs. Sans doute était-il temps qu'il parte en effet, mais elle ne pouvait s'y résoudre. Elle voulait repousser le moment où elle serait de nouveau seule dans cette grande maison silencieuse qui lui donnait le cafard.

— Rassieds-toi, Carl. Rien ne te presse.

— Non, il faut que j'y aille...

— Mais restez donc, monsieur Logan, lança soudain Rafe d'une voix sonore, en faisant irruption dans le petit salon.

Elle le regarda s'avancer vers eux. Lui aussi semblait avoir un peu trop bu. Sa démarche était hésitante, et sa voix étrangement altérée.

— Ma fiancée, manifestement, se pâme devant vos charmes, et je serais fort contrarié si vous la quittiez ainsi.

Il se dirigea vers la bouteille de whisky, se remplit un verre aux trois-quarts, et l'avala d'un trait.

Elle le fixait, stupéfaite. Elle se sentait très mal à l'aise.

— Voyons, Rafe..., commença-t-elle.

— Je vous en prie, faites comme si je n'étais pas là ! continuez votre conversation... Je suis sûr qu'elle est passionnante...

— Rafe ! reprit-elle d'une voix plus ferme.

— Je t'écoute, Hazel.

— Je crois que tu es en train de mettre notre visiteur dans l'embarras, dit-elle en s'approchant de lui.

Rafe gratifia Carl d'un regard glacial.

— Ce monsieur n'est pas « mon » invité. Si tu dois recevoir tes anciens amants à la maison, ne compte pas sur moi pour leur tenir compagnie ni pour me mettre en frais pour eux.

— Rafe ! s'écria-t-elle, furieuse.

Elle était profondément choquée de cette façon de traiter Carl. Il n'était pour rien dans leur conflit !

— Ce n'est pas grave, hasarda le jeune homme, qui avait sans doute conscience que l'air s'était chargé d'électricité. De toute façon, j'allais partir. Bonsoir, monsieur Savage, bonsoir Hazel.

— Une seconde, je te raccompagne, dit-elle.

Elle le reconduisit jusqu'à la porte, contenant à grand-peine son indignation. Elle se sentait remplie de honte. Mais que dire ?

— Je suis désolée, Carl. Rafe a dû boire un verre de trop. Le départ de sa sœur l'a pas mal ébranlé, tu sais...

— Ce n'est pas grave, Hazel, je t'assure. Moi aussi, j'ai un peu trop bu. Ça aide à faire oublier ses soucis, paraît-il !

Il lui serra chaleureusement les mains, visiblement désireux de la rassurer.

— Après tout, je comprends sa réaction, ajouta-t-il. Si j'avais une fiancée comme toi, je serais d'une jalousie dévorante.

Hazel sourit, touchée par la gentillesse du jeune homme.

— Tu en auras une, un jour, j'en suis certaine !

Elle le pensait sincèrement, et souhaitait que ses paroles aident Carl à chasser Celia de son esprit.

— Il y a bien d'autres jolies filles dans la région ! ajouta-t-elle avant de lui adresser un dernier signe amical de la main.

Son sourire avait totalement disparu lorsqu'elle revint dans le salon. Rafe était en train de se verser un nouveau verre.

— Tu es ivre, Rafe. Combien de whiskies as-tu bu ce soir ?

— Pas suffisamment encore, articula-t-il péniblement, d'une voix pâteuse.

118

— Je crois au contraire que tu as dépassé les limites. Tu me déçois, Rafe. Te rends-tu compte de ton état ?

— Parfaitement compte : je suis assoiffé...

— Ta conduite est déplorable et indigne ! La scène de tout à l'heure était vraiment lamentable. Ce pauvre Carl avait l'air consterné...

— Ce pauvre Carl ! répéta-t-il en partant d'un rire triste.

Il dodelinait de la tête, et son regard était flou. Il était méconnaissable.

— Carl est venu ici avec des intentions absolument pures, reprit-elle. Alors que toi, tu reviens de chez Janine Clarke, les genoux en coton et dans un état d'ivresse digne d'un charretier.

— D'un... d'un charretier ? Tiens, comme c'est... amusant !

— Tu devrais avoir honte de te laisser aller ainsi, conclut Hazel d'un ton furieux.

Indignée, elle tourna les talons et monta dans sa chambre, dont elle ferma soigneusement la porte à double tour.

10.

Le mariage constitua l'événement de ce paisible petit coin de Cornouailles.

Tous les préparatifs avaient été soigneusement orchestrés par Rafe qui n'avait laissé aucun détail au hasard. Il était allé jusqu'à choisir la robe de mariée de Hazel, qui n'avait même pas eu son mot à dire.

C'était une magnifique robe dessinée à l'ancienne, toute en mousseline de soie blanche, qui lui faisait une taille de guêpe et illuminait son teint bruni par le soleil. Le profond décolleté était recouvert d'une fine dentelle incrustée de perles, semblable à celle du voile retenu par un diadème d'une finesse rare.

La couturière avait apporté cette étonnante robe l'avant-veille du mariage, et avait procédé aux ajustements nécessaires. Rafe avait bien choisi : Hazel avait pu admirer dans la glace la beauté de cet écrin qui la mettait merveilleusement en valeur, et s'essayer, non sans maladresse, au délicat maniement de la magnifique traîne blanche.

Depuis la terrible soirée où Rafe était rentré ivre, ils n'avaient pas eu l'occasion de se parler en tête à tête. Il consacrait ses journées aux préparatifs, tandis qu'elle dressait, avec l'aide de Sara, la liste des invités et cartons à envoyer.

Ils se croisaient brièvement au petit déjeuner, et parfois un court instant dans la journée, mais n'échangeaient jamais que des banalités, comme si une pudeur réciproque les empêchait d'ouvrir leur cœur l'un à l'autre.

Après la messe et le traditionnel sermon du curé, après les vivats à la sortie de l'église, après l'interminable déjeuner pendant lequel elle avait dû faire des amabilités aux nombreux convives, elle se sentit épuisée, n'aspirant plus qu'à retrouver le calme de sa chambre.

Rafe lui ouvrit toute grande la portière arrière de la voiture, et elle s'assit sur la banquette tandis que quelques applaudissements retentissaient encore.

Il démarra, et s'engagea en silence sur la route du retour. Assise à l'arrière, elle contemplait sa nuque puissante. Cet homme était maintenant son mari, et elle en concevait plus de crainte que de joie. Tout cela semblait irréel. Malheureusement, ce n'était pas un de ces mauvais rêves qui s'éloignent au réveil, vous laissant endolorie mais soulagée. C'était le jour de son mariage, et l'atmosphère était loin d'être joyeuse. Rafe ne desserra pas les dents un seul instant pendant le trajet.

Il se gara devant le perron et l'aida à descendre de voiture, puis à monter les marches. Ensuite, sans un mot d'explication, il alla s'enfermer dans son bureau, la laissant seule une fois de plus.

Elle monta dans sa chambre afin de se changer, et constata que ses placards étaient vides. Tous ses vêtements avaient disparu! Qu'est-ce que cela pouvait bien signifier?

Elle descendit l'escalier quatre à quatre, bien décidée à éclaircir cette situation. Il était hors de question que Rafe organise sa vie sans la consulter. Elle entra dans son bureau sans même avoir frappé.

— Que se passe-t-il ? demanda-t-il en levant les yeux de ses dossiers.

Elle s'efforça de garder son calme. Rafe portait toujours sa tenue de cérémonie. Il s'était contenté de desserrer sa cravate et d'ouvrir son col de chemise.

— Tous mes vêtements ont disparu de ma chambre, je ne comprends pas pourquoi. Aurais-tu l'amabilité de m'expliquer ce que cela signifie ?

— Ils sont dans ma chambre, voilà tout.

— « Voilà tout » ! s'indigna-t-elle, ulcérée. Mais ce sont mes affaires, tout de même !

Il restait tranquillement assis derrière son bureau, et s'exprimait posément, comme s'il se fût agi de la chose la plus naturelle du monde.

— Où veux-tu donc que soient rangés tes vêtements à partir d'aujourd'hui, si ce n'est dans notre chambre ? J'ai demandé à Sara d'y transporter soigneusement tout ce qui t'appartient, c'est aussi simple que cela !

— J'aurais pu le faire moi-même, protesta-t-elle. Il s'agit de mes affaires personnelles, et je ne supporte pas que quelqu'un d'autre que moi s'en occupe !

Elle sentait la moutarde lui monter au nez, et s'apprêtait à faire un esclandre devant cette intrusion dans son domaine privé.

— Tu ne manques pas de culot ! ajouta-t-elle d'une voix furieuse, mais néanmoins contenue.

— Calme-toi Hazel, dit-il lentement, tu ne vas pas faire un drame pour un détail pareil ?

— Pour toi, il s'agit peut-être d'un détail, mais pour moi, c'est très important !

Il darda vers elle un regard soupçonneux.

— Peut-être as-tu peur qu'on découvre des lettres secrètes, des traces de tes amoureux ?

Elle haussa les épaules avec mépris.

— Ne dis pas n'importe quoi !

— Par exemple, une brosse à cheveux en argent où sont gravés les mots : « A mon tendre amour ». Cette découverte n'a fait que confirmer mes soupçons : l'innocente jeune fille avait bien un amant en Amérique !

Hazel rougit violemment, comme prise en faute. Josh lui avait en effet offert cette brosse à cheveux pour Noël. Il était alors très amoureux, mais, pour sa part, elle n'avait pas souhaité que leur relation aille au-delà d'un flirt — agréable, certes, mais bien anodin. A ses yeux, il ne s'était agi que d'une amitié amoureuse, et cette brosse à cheveux ne représentait rien d'autre qu'un souvenir du temps où elle était aux Etats-Unis.

— Détrompe-toi, répliqua-t-elle. Je suis innocente, totalement. L'ami qui m'a donné ce cadeau était amoureux, je ne le nie pas. Mais je ne partageais pas ses sentiments et nous n'avons jamais fait l'amour ensemble.

Rafe ricana d'une manière déplaisante.

— Comment te croire, après le stratagème que tu as employé pour arriver au mariage ? Tu es capable de tous nous mener en bateau, maligne, comme tu l'es !

Elle croisa les bras d'un geste décidé et releva le menton.

— D'abord, je n'ai employé aucun stratagème : souviens-toi que c'est toi qui as voulu ce mariage. Ensuite, je n'ai jamais mené personne en bateau car ce n'est pas mon genre. Tu me connais assez pour savoir que je joue toujours cartes sur table.

— Cette brosse en argent est pourtant une preuve irréfutable !

— Une preuve de quoi ? s'écria-t-elle. Josh n'était pas le seul à être amoureux de moi. Je ne me suis pas pour autant jetée dans le lit de tous ceux qui me courtisaient.

Il eut une grimace désabusée. De toute évidence, elle n'avait pas ébranlé son scepticisme.

— Tu ne me feras jamais croire que tu n'as pas eu un seul amant aux Etats-Unis ! Je ne suis pas naïf à ce point.

124

— C'est pourtant la réalité, rétorqua-t-elle sèchement.

Elle eut une idée subite :

— Pourquoi ne pas téléphoner à Josh et lui demander ce qui s'est passé entre nous ? C'est un garçon honnête : je sais qu'il te dira la vérité.

— Il dira ce qu'il aura envie de dire, répliqua Rafe avec un rire narquois.

Quel entêté ! Elle avait affaire à un véritable mur. De dépit, elle arracha sa couronne de mariée et la jeta par terre.

— Mon pauvre Rafe, tu fais parfois preuve d'un caractère impossible et d'une mauvaise foi invraisemblable !

— Peut-être, admit-il en esquissant un sourire sardonique. Mais maintenant que tu es ma femme, il va falloir me supporter. Et pour commencer, tu vas enlever cette robe : je trouve qu'elle te serre un peu trop la taille...

Elle voyait bien où il voulait en venir, mais elle était décidée à ne pas entrer dans son jeu. D'ailleurs, ses manières de propriétaire ne faisaient qu'étayer son projet de vengeance. Cette nuit, elle s'opposerait obstinément à toute étreinte amoureuse.

C'est lui qui se retrouverait face à un mur, alors même qu'il s'attendrait à découvrir une épouse ardente. Elle avait tellement souffert de ses visites à peine dissimulées à Janine, de ses boutades paternalistes et de sa mauvaise foi, que c'était bien son tour de le repousser avec dédain. Il allait voir de quoi elle était capable !

Toutefois, avant d'en arriver là, elle devrait l'affronter au cours du dîner. Il faudrait qu'elle se maîtrise, ni trop proche ni trop lointaine, afin qu'il ne se doute de rien. La vengeance n'en serait que meilleure...

— Encore un peu de saumon, madame Savage ?

A cette appellation incongrue, Hazel lança un sourire malicieux à Sara.

— Non merci, je n'ai plus faim.

La cuisinière se pencha vers Rafe, le regard lourd de reproches.

— Mme Savage ne mange guère, ce n'est pas encourageant pour la pauvre vieille cuisinière que je suis.

— Allons, Sara, la rabroua gentiment Hazel, ne t'inquiète pas pour moi. Tu sais bien que ta cuisine n'est pas en cause. Je te promets de prendre bientôt quelques kilos.

Sara, tranquillisée, retrouva son sourire.

— Et je t'interdis de m'appeler « madame Savage ». Tu m'appelleras Hazel, comme avant. Il n'y a pas de raison de changer.

— Prendrez-vous le café dans le salon ?

— Oui, Sara, comme d'habitude, répondit Rafe.

Assis l'un en face de l'autre dans les profonds fauteuils, ils s'épiaient en silence, tandis que Sara, qui se voulait aussi discrète que possible, semblait glisser sur le parquet.

— N'est-elle pas adorable, notre brave vieille Sara ? murmura Rafe en s'étirant d'un air satisfait. Ce mariage constitue pour elle l'événement du siècle, la victoire du romantisme amoureux !

Hazel préféra ignorer le sarcasme : l'heure n'était pas aux hostilités, pas encore...

Quelques minutes plus tard, Rafe se levait et prenait poliment congé.

— J'ai quelques dossiers urgents à regarder, je te rejoindrai plus tard.

— N'est-ce pas un peu étrange, pour un jeune marié, d'étudier des dossiers le jour même de son mariage ? demanda-t-elle, faussement ingénue.

Elle n'espérait pas de réponse, voulant tout au plus le narguer. D'ailleurs, il ne parut pas l'entendre, et ne se retourna qu'en franchissant la porte :

126

— A tout à l'heure, dit-il avec une étrange lueur dans les yeux.

Elle l'attendait depuis près de deux heures, dans le vaste lit conjugal, lorsque les pas familiers firent craquer l'escalier. Son cœur se mit à battre : la bataille était proche. Elle laissa glisser sur le sol le magazine qu'elle s'était efforcée de feuilleter et s'installa, bien droite, fermement adossée contre ses oreillers.

Il entra sans la voir et se dirigea vers la salle de bains.

Elle tendait l'oreille, attentive au moindre bruit derrière la porte. Retenant sa respiration, elle perçut soudain avec inquiétude la lente accélération des battements de son cœur. Comment Rafe allait-il réagir ? Serait-il violent, ou simplement hostile ?

Lorsqu'il ressortit de la salle de bains, vêtu d'un peignoir blanc qui faisait ressortir son hâle et ses cheveux noirs, elle songea instantanément à un dieu grec, tant ses formes étaient harmonieuses. Il ressemblait à une statue vivante. Mais cette statue pourrait s'avérer redoutable !

Il eut l'air étonné de la voir éveillée.

— Je ne pensais pas venir si tard, s'excusa-t-il à mi-voix, mais toute cette paperasse est si accaparante ! Et puis, je croyais que tu dormais...

— Eh bien, tu t'es trompé, dit-elle en se levant.

Elle se dirigea vers la salle de bains, et pressa l'interrupteur, laissant délibérément la porte ouverte. Puis elle se lança dans un savant ballet, passant et repassant dans la lumière, dévoilant subtilement les contours de son corps à travers le fin tissu de sa chemine de nuit. Elle savait que Rafe ne résisterait pas à cette vision tentatrice. C'était là la première phase de son plan.

Elle poussa la perverse malice jusqu'à s'étirer dans l'embrasure de la porte, plongeant les yeux dans ceux de Rafe, dont la respiration s'accélérait singulièrement.

— Viens te coucher, ordonna-t-il d'une voix rendue rauque par le désir.

— J'arrive, minauda-t-elle en poursuivant ses allées et venues langoureuses.

— Ta chemise de nuit est vraiment...

La voix troublée, il cherchait ses mots.

— ... merveilleuse. Elle cache sans cacher, elle montre sans montrer : c'est le comble de l'érotisme !

Elle prolongeait l'attente, savourant les effets de son stratagème soigneusement mis au point.

— Je savais qu'elle te plairait.

Rafe s'impatientait, manifestement brûlant de la serrer dans ses bras.

— Allons, viens, répéta-t-il.

— J'arrive, j'arrive...

Elle s'approcha lentement du lit et s'assit sur le bord. Il tendit une main vers elle et commença doucement à la caresser, puis, s'enflammant peu à peu, il lui saisit les hanches à deux mains, dans un geste de désir et de possession.

— Tu es magnifique, murmura-t-il, en parcourant des yeux son corps dans la pénombre. J'aime tes seins, si beaux, si fermes...

Quand elle sentit ses mains sur sa poitrine, elle dut se raccrocher de toutes ses forces à sa décision pour ne pas faiblir. Puis elle se dit qu'après tout, si elle se refusait à lui, rien ne l'empêchait de goûter les plaisirs qui précèdent l'acte amoureux.

— C'est notre première nuit, chuchota-t-il à son oreille, et nous nous en souviendrons toute notre vie.

En effet, songea-t-elle, cette nuit serait mémorable, mais pas vraiment dans le sens où il l'entendait !

— J'attends ce moment depuis si longtemps, reprit-il. Il y a eu tant de nuit où je t'ai désirée...

Il abaissa les délicates bretelles de soie et tenta de lui

ôter le fin vêtement de nuit. Mais elle restait obstinément assise sur le tissu et, malgré les subtils frissons que les mains impatientes faisaient naître en elle, elle était parfaitement attentive à l'inexorable progression de la passion qu'elle avait patiemment attisée. Soudain, il la renversa et se coucha sur elle dans un baiser fougueux.

Si le soyeux rempart avait été un allié efficace, il ne suffisait pas à lui masquer la dureté du désir de Rafe, et elle en éprouvait un trouble qui lui tournait la tête.

— Je te veux, je te veux..., gémissait-il, la voix rauque.

« Tu ne m'auras pas, se répétait-elle. Malgré le plaisir que tu fais naître en moi, tu ne me posséderas pas, car tu m'as humiliée, et je me suis promis de me venger. »

Son corps réclamait celui de Rafe, et elle avait de plus en plus de mal à contenir son désir, mais elle restait déterminée à ne pas céder à l'homme qui l'avait bafouée.

— Ote ce vêtement, la pressa-t-il d'une voix étouffée, tandis qu'il tirait sur la soie récalcitrante.

— Non, pas maintenant, embrasse-moi encore, Rafe !

Il prit sauvagement possession de sa bouche, et elle plia sous l'impétuosité du baiser.

— Déshabille-toi ! implora-t-il, je n'en peux plus !

Elle se leva nonchalamment et fit glisser la chemise de nuit sur ses chevilles.

— Ah ! Quel bonheur ! s'exclama-t-il sourdement en la dévorant des yeux. Tu es si belle... Je n'ai jamais connu de femme aussi magnifique.

Elle releva avec grâce ses cheveux en chignon et resta ainsi, immobile, comme un mannequin posant pour une revue de mode. Elle savait que cette distance imposée ne ferait qu'accroître son excitation.

Puis elle fit semblant de retenir un bâillement.

— Je me sens très fatiguée, soupira-t-elle, contrôlant parfaitement ses mots et ses gestes, comme une actrice. Je crois que je vais dormir.

Rafe fit un bond, comme s'il avait reçu un coup.

— Comment ? s'exclama-t-il, l'air incrédule.

— Je suis fatiguée, et je veux dormir, répéta-t-elle en feignant d'ignorer sa surprise.

Il s'assit sur le lit et la fixa, tel un ange exterminateur.

— Qu'es-tu encore en train d'inventer, Hazel ?

Elle tourna vers lui des yeux qu'elle voulait innocents.

— Mais rien ! Je suis épuisée, c'est tout.

— Tu es en train de jouer la comédie, rugit-il entre ses dents. Ça ne prend pas. Tu te moques de moi !...

— Voyons, Rafe, protesta-t-elle mollement.

Il la saisit aux épaules et la secoua.

— Pourquoi ce jeu de séduction ? s'écria-t-il avec violence. Pourquoi tous ces mouvements lascifs si tu projetais de te dérober ensuite ? Pourquoi ?

Il la fixait avec des yeux étincelant de désir et de colère.

— L'as-tu fait exprès ? insista-t-il. As-tu volontairement allumé mon désir ?

— Tu n'en avais pas besoin, dit-elle avec dédain, tu es parti au quart de tour !

— Je te rappelle que nous nous sommes mariés ce matin même.

Elle lui fit face, la tête droite, et articula chaque mot avec force.

— Crois-tu donc que ce mariage te donne licence absolue ? Crois-tu donc que tu as tous les droits sur moi ? Ecoute-moi bien, Rafe : cette cérémonie — ou plutôt cette parodie de cérémonie — ne te donne aucune prérogative.

— Et si je pensais différemment ? rétorqua-t-il d'une voix menaçante.

— Pense ce que tu veux. Tu as voulu ce mariage, tu l'as décidé, tout en m'accusant d'avoir tout manigancé. Mais je vais te dire une chose : je n'avais aucunement l'intention de me marier avec toi.

130

— Tu mens ! s'écria-t-il.

— Et tu ne m'as pas laissé le choix, ajouta-t-elle. Tu m'as bien fait savoir que la seule chose que tu voulais de moi était mon corps, dont tu souhaitais jouir à ta guise. Alors, écoute-moi bien...

Elle reprit son souffle, car ce qu'elle avait à lui dire était capital.

— J'ai décidé de ne pas t'offrir mon corps. Tu ne me posséderas pas, ni ce soir, ni jamais, déclara-t-elle d'un ton sec et définitif.

11.

— Tu veux dire que nous ne ferons jamais l'amour ensemble? demanda Rafe d'une voix blanche.

— Exactement, répondit Hazel d'un ton résolu. Plus jamais.

— Je suis pourtant ton mari maintenant, protesta-t-il avec une pointe d'agressivité.

— Peu m'importe. Tu ne me toucheras pas.

— Je pourrais te prendre de force, menaça-t-il, l'œil sombre.

— Bien sûr, mais nous n'y trouverions pas notre plaisir; tu sais bien que cet acte brutal ne nous satisferait ni l'un ni l'autre.

Rafe leva les bras dans un geste de désespoir qui disait bien son impuissance devant une telle obstination.

— Grands dieux! s'exclama-t-il sourdement. Tu ne peux pas me faire cela, j'ai tellement envie de toi, Hazel. Je n'en peux plus!...

Les dents serrées, elle s'en tenait à ce qu'elle avait décidé : il l'avait fait souffrir, c'était son tour maintenant. Elle le tenait à sa merci et savourait sa vengeance.

— Il en sera ainsi tous les soirs, insista-t-elle, impitoyable.

— Tu n'as donc fait que me donner de faux espoirs,

gémit-il amèrement. Jusqu'à maintenant tu m'as laissé croire que je... que nous...

— ... Que nous ferions l'amour ? s'exclama-t-elle, acerbe. Mais tu ne sais même pas ce que c'est que l'amour !

— Parce que, toi, tu le sais, peut-être ! Ce sont sans doute tes nombreux amants qui te l'ont appris ?

— Je t'ai déjà dit que je n'avais pas eu d'autres amants. Tu as été le seul, Rafe. Mais à l'époque, j'avais cru que tu m'aimais, naïve que j'étais, alors que tu ne recherchais que le plaisir. Le lendemain, tu m'as presque chassée ! Et tu t'es imaginé qu'en me contraignant au mariage tu pourrais me posséder à loisir, pour m'ignorer ensuite quand bon te semble ? C'était bien mal me connaître !

Rafe se leva, excédé. Il enfila nerveusement son pyjama et revint s'allonger.

— Très bien, dit-il en poussant un profond soupir de dépit. Puisque c'est ce que tu veux, restons-en là !

Il lui tourna alors brusquement le dos, et éteignit la lumière.

Longtemps, dans l'obscurité, elle contempla le mur humain que Rafe lui opposait. Si seulement elle avait pu lui poser la main sur l'épaule et lui dire : « Je t'aime, Rafe, j'ai envie de toi, oublions tout ça... » Mais c'était impossible. Elle avait élaboré toute cette stratégie pour qu'il ne puisse plus jamais la faire souffrir. Si elle rendait les armes maintenant, il retrouverait toute son emprise sur elle, et il n'en était pas question : il l'avait déjà suffisamment blessée.

— Bonne nuit, Rafe, murmura-t-elle, néanmoins.

— Quel humour ! grommela-t-il. Comment peux-tu imaginer que je puisse passer une bonne nuit à présent ?

En effet, elle ne pouvait l'imaginer : une nuit de noces pareille était inconcevable de toute façon. Elle en arrivait même à se demander lequel des deux elle était en train de punir. Mais sa détermination demeurait entière.

Elle essaya de se détendre et adopta une respiration ostensiblement régulière : quand il la croirait endormie, il n'oserait pas la réveiller, et elle se sentirait moins vulnérable.

Quelques minutes plus tard, elle sombrait dans un vrai sommeil, peuplé de rêves étranges.

Quand elle se réveilla, elle était seule. L'unique trace de Rafe était le creux marqué dans l'oreiller voisin.

Elle avait en bouche le goût amer d'une nuit ratée, d'une incompréhension mutuelle. Sa propre obstination l'avait nerveusement épuisée.

Elle se leva et se dirigea vers la salle de bains. Une longue douche lui permit de retrouver toute son énergie. Et pour le moral, elle choisit une petite robe d'été blanche qui lui avait toujours attiré des compliments. Elégante à défaut d'être heureuse, elle donnerait l'illusion d'une jeune épousée fraîche et détendue.

Lorsqu'elle arriva dans la salle à manger, Rafe était en train de scruter le fond de sa tasse de café, comme s'il avait pu y déchiffrer un secret, une énigme, ou encore la solution d'un problème.

A côté de la tasse, un cendrier rempli de mégots témoignait de la nuit qu'il avait dû passer. D'ailleurs, la pièce empestait le tabac.

Le menton bleu par la barbe naissante, l'air fatigué, il avait l'œil des mauvais jours.

— Bonjour, lança-t-elle avec indifférence.

— ... Jour, marmotta-t-il d'une voix presque inaudible, sans la regarder.

Tandis qu'elle prenait place en face de lui, elle s'aperçut qu'il empestait le whisky, et passa tout de suite à l'offensive :

— Tu bois du café pour te dessoûler ou pour te réveiller ?

— Les deux.

— Est-ce que Sara t'a vu dans cet état ?

— Evidemment, bougonna-t-il, c'est elle qui m'a préparé du café... Oh, je t'en prie, ne prends pas cet air moralisateur : si je suis dans cet état, c'est bien à cause de toi.

Elle lui adressa le plus innocent des regards.

— A cause de moi ? Je ne vois pas pourquoi...

Il se leva, vacillant légèrement sous l'effet de l'alcool, et s'agrippa au dossier de sa chaise.

— Tu ne vois pas pourquoi ? C'est pourtant simple ! J'ai passé des heures à te regarder dormir et à broyer du noir. Je n'ai pas pu fermer l'œil de la nuit. Ce n'est pas plus compliqué que ça !

Elle se versa une tasse de café en le regardant d'un air faussement compatissant, puis lui demanda d'un ton doucereux :

— Ne crois-tu pas que tu aurais mieux fait de dormir ?

Il donna un brusque coup de poing sur la table qui fit tinter les tasses de porcelaine dans leur soucoupe.

— Tu te moques de moi, insolente ! J'aurais mieux fait de dormir ? Tu sais bien que c'était impossible. Tu m'as poussé à bout, tu as tout fait pour me rendre fou. Plus je te regardais, plus je te désirais. J'ai même pensé à profiter de ton sommeil..., mais c'était trop ignoble. Tu m'aurai haï jusqu'à la fin de tes jours. Alors je me suis levé, au petit matin, et je suis venu ici.

Elle désigna d'un geste désapprobateur la bouteille presque vide qui traînait sur la table.

— Et tu t'es soûlé au whisky !

Ils s'interrompirent, à l'arrivée de Sara.

— Veux-tu que je te serve ton petit déjeuner, Hazel ? demanda la vieille gouvernante en affichant un sourire maternel.

Elle n'avait pas faim, mais elle voulait éviter d'alarmer Sara et lui sourit affectueusement :

— Je veux bien, Sara, merci.

— Et vous, monsieur Rafe ?

Rafe se leva en grommelant :

— Je ne veux rien du tout. Je vais me coucher.

Il sortit en claquant la porte, et Sara interrogea Hazel du regard. N'obtenant pas de réponse, elle vint se camper devant elle.

— Je te connais depuis que tu es toute petite, et je connais M. Rafe depuis plus longtemps encore. Ce qui se passe en ce moment me désole... C'est une misère que de vous voir tous deux ainsi !

Elle soupira avec une profonde tristesse.

— Les choses sont très compliquées en ce moment, Sara. C'est un moment difficile à passer.

Elle voulait éviter des explications qui n'auraient pu que désespérer la pauvre femme. Mieux valait minimiser les choses pour le moment.

— Il s'agit d'un malentendu passager, Sara. Tout va s'arranger, ne t'inquiète pas.

La gouvernante hocha la tête et se dirigea vers la cuisine.

— Finalement, j'ai changé d'avis pour mon petit déjeuner, reprit Hazel. Je vais descendre à la plage et je me ferai du café à la cabane.

Sara se retourna, la mine chagrinée.

— Comme tu voudras, mon petit.

Elle descendit sur la petite plage familière et s'assit sur le sable. Longtemps, le menton appuyé sur son bras, elle contempla l'océan, ardent et tumultueux.

Elle se sentait la tête vide et le cœur trop plein, et savait que seul le spectacle magnifique de la mer, recommençant sans cesse sa respiration et venant expirer avec fracas contre les rochers, pourrait l'apaiser.

Elle resta presque toute la journée ainsi, au bord de l'eau, et ne songea à regagner la maison que lorsque la faim commença à se faire sentir. Sara lui apprit que Rafe était brusquement sorti dans l'après-midi, sans rien dire.

Elle songea immédiatement à Janine Clarke. Sans doute était-il allé chercher quelque réconfort dans ses bras, ou encore satisfaire avec elle le désir inassouvi qui devait le tarauder.

A l'heure du dîner, il n'était toujours pas revenu. Elle s'installa, seule une fois de plus, dans la grande salle à manger. Sara l'entourait de sa sollicitude, s'évertuant à lui faire goûter les petits plats qu'elle avait affectueusement préparés. Mais rien ne passait. Elle ne put rien avaler et quitta bientôt la table pour monter dans la chambre conjugale, qui lui parut plus sinistre que jamais.

Il était minuit passé lorsqu'elle entendit Rafe rentrer. Le cœur battant d'appréhension, elle fit semblant de dormir.

Lorsqu'il vint s'allonger près d'elle, elle reconnut immédiatement le parfum de Janine. Elle en fut profondément blessée, et se sentit encore plus seule et plus abandonnée. Mais n'avait-elle pas provoqué cette situation ?

Glacée, elle se fit toute petite dans le lit, tentant de se tenir le plus loin possible de lui. Mais il l'entoura de son bras et lui caressa tendrement l'épaule. Surprise par tant de douceur, elle ne put réprimer un frisson et se contracta pour résister au désir de s'abandonner.

— Hazel ? Tu ne dors pas ?

— Non, murmura-t-elle dans un souffle.

La caresse se fit plus chaude, descendit le long de son dos, puis s'arrêta soudain. Il avait dû sentir, à la crispation de tout son corps, que son animosité était intacte.

— Hazel, tu m'en veux toujours?

Elle tenta de se dégager sans un mot. Il se pencha alors sur elle et la scruta dans l'obscurité.

— Hazel, écoute-moi. Je suis désolé pour tout ce qui s'est passé. D'accord, je n'aurais pas dû boire et m'emporter. Mais tu n'imagines pas ce que j'ai enduré toute la nuit. Pardonne-moi maintenant et faisons la paix.

Il tenta de l'embrasser, mais elle gardait les lèvres serrées et le corps raidi, déterminée, une fois de plus, à ne pas céder.

— Parle-moi, je t'en prie, l'implora-t-il. Dis-moi quelque chose! Ne reste pas ainsi de glace!

— Bonne nuit, Rafe, lança-t-elle sèchement.

Il saisit son visage à deux mains, l'obligeant à le regarder.

— Faisons la paix, Hazel! Je ne suis pas ton ennemi! Je t'aime, et je veux faire l'amour avec toi. Aimons-nous ce soir...

Elle détournait la tête, évitant ses baisers, fuyant l'odieux parfum.

— Ni ce soir ni aucun autre soir, articula-t-elle fermement.

Il bondit presque du lit, fou de douleur.

— Tu me hais donc, Hazel? Il faut vraiment que tu me haïsses pour me tourmenter de la sorte. Qu'est-ce que j'ai fait pour mériter une telle haine?

— Je t'interdis de me toucher, est-ce clair? lança-t-elle avec force.

Il sortait du lit d'une autre femme et voilà qu'il venait lui crier son désir! Elle se sentait insultée! Jamais elle ne lui pardonnerait!

12.

Vingt et un ans ! Elle avait vingt et un ans aujourd'hui, et ne s'était jamais sentie aussi malheureuse de sa vie !

La table de la salle à manger était jonchée de cadeaux, de rubans, de fleurs et de cartes. Telle une enfant, elle avait fébrilement défait les paquets que lui avaient envoyés ses amis. Elle avait lu avec émotion les messages chaleureux de ses êtres chers à son cœur. Puis son excitation avait fait place à la tristesse et aux larmes : Rafe était le seul à l'avoir oubliée.

Il y avait maintenant quatre jours qu'ils étaient mariés, quatre jours et quatre nuits pendant lesquels ils s'étaient progressivement enfoncés dans l'incompréhension et le désespoir.

Elle sécha ses larmes en entendant ses pas dans le couloir.

— Bonjour, lança-t-il brièvement, sans un regard pour les cadeaux. J'aimerais que tu t'occupes d'un certain nombre de lettres administratives que je t'ai préparées.

Elle le fixait, consternée : pas un mot pour lui souhaiter son anniversaire ! Pas un geste tendre ! Il ne s'adressait à elle que pour lui parler de courrier !

Abasourdie par une telle indifférence, elle le regardait, interdite.

— Est-ce que tu m'as bien entendu ? insista-t-il.

— Oui... j'ai bien entendu, balbutia-t-elle, sentant que de nouvelles larmes lui montaient aux yeux.

— Es-tu libre, ce soir ?

Cette question inattendue fit renaître une lueur d'espoir. Peut-être n'avait-il pas oublié son anniversaire...

— J'ai invité quelques amis, poursuivit-il, et je souhaiterais que ma femme soit là pour les accueillir.

Froissée de se voir attribuer ce rôle d'épouse officielle et utilitaire, elle répliqua vivement :

— Ne préférerais-tu pas que ce soit Janine Clarke qui s'occupe de tes invités ?

— Peut-être, dit-il d'un air moqueur. Mais, c'est toi qui es mon épouse, et il te revient de t'acquitter de ton rôle d'hôtesse.

Elle releva le menton et fit courageusement face.

— Je serai-là, et je m'occuperai de tes amis, promit-elle. Tu peux compter sur moi.

— Parfait, conclut-il sèchement avant de tourner les talons.

Elle éclata en sanglots et enfouit son visage dans ses mains. Comment pouvait-elle continuer à vivre ainsi ? Comment pouvait-elle continuer à partager le lit de Rafe, alors qu'il faisait preuve d'une telle dureté à son égard ? Comment lui dire sa souffrance sans qu'il prenne cet aveu pour une reddition ?

Elle l'aimait, elle avait envie qu'ils se retrouvent, et que cessent ces affrontements continuels qui s'étaient multipliés depuis qu'elle était revenue des Etats-Unis.

Elle sursauta soudain. Une main ferme et amicale s'était posée sur son épaule.

— Allons, Hazel, grondait tendrement Sara, ne pleure pas. C'est ton anniversaire aujourd'hui, tu devrais être joyeuse !

Elle se jeta dans les bras de la vieille servante en redoublant de sanglots.

— Comment pourrais-je être joyeuse ? Mon mariage

est raté, et Rafe regrette de m'avoir épousée ! Je suis la plus malheureuse des femmes !

— Allons, allons, protestait Sara, tout en la berçant comme un bébé. Les mariages, ça ne réussit pas toujours dès le début... Il faut parfois un temps d'adaptation... Sois patiente, Hazel. Et... tiens, prends un mouchoir.

Le soir venu, elle était prête à accueillir les invités de Rafe. Elle avait particulièrement soigné sa tenue pour lui faire honneur, et portait une très belle robe longue, noire, qui soulignait superbement son buste et ses bras. Elle se tenait près de lui, dans le salon, tremblant de crainte à la perspective du rôle nouveau qui lui était dévolu.

— Détends-toi, Hazel, tout va bien se passer. D'ailleurs, tu connais tout le monde.

— Je connais ces gens ? Si je les ai rencontrés quand j'étais petite, j'ai bien peur de les avoir oubliés.

Au premier coup de sonnette, ils se dirigèrent ensemble vers la porte.

Quelle ne fut pas sa surprise : Trisha et ses parents se tenaient sur le seuil, les bras chargés de présents !

Subitement inondée de bonheur, elle se tourna vers Rafe.

— Mais pourquoi ne m'as-tu rien dit ?

— Parce que je voulais te faire la surprise. C'est bien ton anniversaire, n'est-ce pas ? As-tu sérieusement cru que j'avais pu l'oublier ? Et ce ne sont que nos premiers invités. Bien d'autres vont arriver !

Ivre de joie, les larmes aux yeux, elle se lança dans les bras de Rafe qui lui tira gentiment l'oreille, son premier geste tendre depuis... bien longtemps.

— Je crois qu'il serait indiqué que tu t'occupes de nos invités, murmura-t-il en lui adressant un clin d'œil complice.

Le dîner d'anniversaire fut une vraie fête, joyeuse et pétillante. La soirée lui sembla passer comme un rêve. Rafe lui avait fait présent d'un magnifique collier en or, et elle se sentait comblée, elle se sentait enfin sa femme !

Après le départ des derniers invités, alors qu'ils s'apprêtaient à regagner leur chambre, la sonnerie du téléphone retentit. Qui pouvait bien appeler à cette heure tardive ? Rafe alla répondre.

— Bonsoir, Janine...

Refusant d'en entendre davantage, Hazel se précipita dehors, le visage en feu, et dévala le petit sentier qui menait à sa cabane.

Dans la nuit noire et silencieuse, les flots battaient régulièrement contre la grève. Elle s'assit sur le sable, face à la mer, et attendit que le calme revienne en elle.

Elle respirait profondément l'air iodé, et peu à peu sa colère s'apaisait, son désespoir se faisait moins vif.

La lune apparut au-dessus des flots, et ses reflets argentés scintillèrent dans l'obscurité.

Elle eut envie de nager, de sentir le contact apaisant de l'eau sur sa peau, et se déshabilla lentement.

Elle plongea dans les flots, entièrement nue, et se mit à nager vers le large. Evoluer dans cet élément fluide et tonique lui procurait un plaisir extrême. Elle avait presque l'impression d'être un poisson.

Elle nageait tranquillement la brasse indienne lorsqu'elle aperçut Rafe — ce ne pouvait être que lui — qui venait droit sur elle, dans un crawl puissant. Son premier mouvement fut de s'échapper, mais la seule issue possible était du côté de la pleine mer ; il fallait donc se résigner à lui faire face, une fois encore.

Il arriva bientôt à son niveau.

— Tu es folle, Hazel ! Qu'est-ce qui t'a pris de t'enfuir ainsi ? gronda-t-il, essoufflé par l'effort.

— Je voulais me baigner, c'est tout. Laisse-moi tranquille !

144

— C'est dangereux, tu le sais bien. Avec les courants qui longent la côte il est tout à fait imprudent de se baigner seule. Surtout en pleine nuit ! Si tu étais emportée au large, personne ne s'en apercevrait.

— Je connais parfaitement l'endroit, et je sais où se trouvent les courants dangereux !

— Retournons vers le rivage, il faut que je te parle, ordonna-t-il fermement.

— Nous pouvons très bien parler ici.

— Ne sois pas stupide. Si c'est ta nudité qui te gêne, sache que je suis aussi nu que toi.

Elle hésitait, partagée entre l'envie de continuer à se baigner et le désir de parler calmement avec Rafe.

— Il faut que nous parlions de notre mariage, insista-t-il.

Elle pensa subitement qu'il allait lui dire que tout était terminé, qu'ils allaient se séparer. Elle ferma les yeux un instant, terrifiée par cette perspective.

Ils nagèrent sans un mot vers la plage. Pudiquement, elle le laissa la précéder au sortir de l'eau. Cheminant derrière lui, elle admira néanmoins le corps puissant éclairé par la lune ; un magnifique corps d'athlète, solide et musclé.

Ils se séchèrent dans la cabane et se rhabillèrent, toujours sans un mot.

Rafe craqua une allumette, alluma une bougie, et vint s'asseoir sur le petit lit. Croisant son regard sombre et sévère, elle songea soudain que, s'il avait choisi sa cabane pour annoncer la fin de leur union, elle ne pourrait le supporter.

— Ça ne va pas du tout, n'est-ce pas ? demanda-t-il d'un air soucieux.

— Je ne vois pas de quoi tu veux parler, balbutia-t-elle, le cœur battant à tout rompre.

— De notre mariage, dit-il sobrement.

Un temps passa, et elle acquiesça de la tête.

— C'est vrai, admit-elle, ça ne va pas du tout. En revanche, avec Janine, ça semble plutôt bien marcher ! lança-t-elle d'un ton de défi, décidée à se battre jusqu'au bout.

— Avec Janine ? Que veux-tu dire ?

Il avait l'air sincèrement surpris qu'elle lui parle de Janine Clarke.

— Ta maîtresse et toi semblez filer le parfait amour ! railla-t-elle.

Il la regardait, incrédule.

— Ma... quoi ? s'étrangla-t-il.

— Ta maîtresse. Tu as très bien entendu.

— Comment peux-tu dire de telles sottises ! Qu'est-ce qui te fait penser que Janine Clarke puisse être ma maîtresse ?

— Lorsque tu viens me rejoindre au lit, encore tout imprégné de son parfum, tu ne t'imagines tout de même pas que je...

— Une seconde, coupa-t-il. Tu es en train de me dire que j'irais faire l'amour avec Janine, puis que je reviendrais dans notre lit pour faire l'amour avec toi ? Mais pour qui me prends-tu ? Pour un animal ? Pour une bête insatiable qui passerait d'un lit à un autre ? Comment as-tu pu imaginer une chose pareille ! Tu as une bien piètre idée de moi...

Il avait l'air profondément choqué.

— Mais... ce parfum ?

— Il suffit de passer quelques heures dans une même pièce avec une femme fortement parfumée pour en sortir imprégné de son parfum, tu le sais aussi bien que moi !

Désemparée, elle se rendait compte qu'il avait raison.

— J'ai beaucoup d'estime pour Janine. C'est une femme remarquable. Mais je n'ai jamais eu la moindre liaison avec elle, déclara-t-il posément. Comment

146

aurais-je pu être épris de deux femmes à la fois ? Tu n'as pas compris que je t'ai dans la peau, Hazel, depuis trois ans ! Depuis trois ans, je te désire comme jamais un homme n'a désiré une femme...

— Depuis trois ans ? s'exclama-t-elle, incrédule.

— Oui, depuis trois ans. Et depuis que tu es partie, je n'ai pas touché une autre femme. Je n'en ressentais même pas le désir. J'ai tout fait pour te chasser de mon esprit mais ton souvenir m'obsédait, sans relâche.

Elle le fixait, abasourdie par cette révélation. Elle s'était donc complètement trompée sur Rafe, pendant tout ce temps ?

— Je te désire, Hazel, reprit-il d'une voix blanche. Mais, depuis notre mariage, tu m'opposes un mur de refus qui me rend complètement fou.

Elle eut subitement l'impression que tout volait en éclats : ses doutes, ses certitudes, ses peurs... Le monde se reconstruisait autour d'elle et tout y retrouvait sa place, comme quand elle était petite, et que Rafe, d'un mot, éloignait fantômes et cauchemars.

— Mais alors, tu m'aimes ? demanda-t-elle dans un souffle.

— Faut-il que je rampe à genoux pour t'en persuader ?

Elle secoua la tête en souriant, mais elle voulait l'entendre prononcer les mots qu'elle attendait depuis si longtemps.

— Réponds-moi, Rafe, je t'en prie.

— Oui, Hazel, je t'aime comme un fou depuis que tu as quinze ans...

— Depuis mes quinze ans ? répéta-t-elle, incrédule.

— Oui, depuis tes quinze ans, je n'ai cessé de subir les affres de l'enfer : je te voyais grandir, t'amuser, flirter avec tes petits copains, ou du moins leur tourner la tête avec ton charme insolent !... Et moi, je restais à distance, je luttais contre mes désirs. Jusqu'à ce jour fatal où je n'ai pas su résister...

— Mais si tu m'aimais alors, pourquoi m'as-tu envoyée aux Etats-Unis ?

— J'avais trente-six ans, deux fois ton âge. Je n'avais pas le droit d'abuser de ta jeunesse. Tu m'avais déjà offert le somptueux cadeau de ta virginité, et je ne me sentais pas le droit de t'en demander davantage.

Bouleversée par ses propos, elle sentait son cœur s'enflammer de nouveau. Tout son amour, intact, revenait à la surface.

— Rafe, murmura-t-elle, tu étais tout pour moi, je t'aimais totalement, et rien n'a changé...

— Oh, Hazel ! s'exclama-t-il sourdement.

Elle s'approcha de lui et se lova contre sa poitrine.

— Rafe, j'ai envie que nous fassions l'amour, maintenant, comme il y a trois ans !

Il l'étreignit amoureusement et la berça contre lui.

— Hazel, nous ne nous quitterons plus jamais. Je ne te laisserai plus jamais repartir, mon amour ! Maintenant que je t'ai enfin retrouvée...

Il lui fit l'amour longuement, voluptueusement. Elle ne craignait plus rien et s'abandonnait totalement au désir. Elle retrouva, décuplées, les sensations magiques qu'il avait un jour su lui révéler. Le temps s'était arrêté, prodigieux instant d'éternité...

La lune était maintenant très haut dans le ciel, ils la contemplaient à travers la petite fenêtre de la cabane. Leurs membres enlacés la faisaient songer à ces amants mythiques, épuisés d'amour et de bonheur, lorsque leurs corps s'étaient enfin rejoints.

Une chose, cependant, la tracassait encore, sur laquelle elle voulait faire toute la lumière.

— Dis-moi, Rafe, pourquoi as-tu parlé à Celia de notre nuit d'amour ici, le soir de mon anniversaire ?

— Mais je ne lui en ai jamais parlé! Je croyais que c'était toi qui le lui avais dit!

Elle fronça les sourcils, agacée par le souvenir de la peste qui avait empoisonné sa vie.

— Celia était la dernière personne à laquelle j'aurais confié le moindre secret, voyons!

Allongée contre lui, la tête reposant sur son bras, elle devinait à son front crispé qu'il réfléchissait intensément.

— J'ai trouvé! s'écria-t-il brusquement. Lorsque j'étais à l'hôpital, j'ai passé des jours et des nuits à délirer. Celia est restée pas mal de temps à mon côté, et elle a dû m'entendre. Je me souviens avoir souvent évoqué cette nuit dans mon délire. Je t'appelais, je me raccrochais à ce souvenir merveilleux pour ne pas sombrer dans la mort.

— En effet, c'est la seule explication, admit-elle, heureuse d'être débarrassée de ce souci.

Mais une autre question la préoccupait toujours:

— Pourquoi me fuyais-tu continuellement, quand je suis revenue? demanda-t-elle.

— A cause de ça, dit-il en montrant sa cicatrice. Comme l'a si bien dit Celia, j'étais devenu « un infirme couvert de cicatrices » et je n'osais pas affronter ton regard.

Au rappel de cette insulte ignoble, elle l'embrassa fougueusement.

— Cela ne m'a pas impressionnée, tu sais. Cette brûlure du passé n'est qu'une zébrure sur ta peau, semblable aux traces de batailles que gardaient autrefois les flibustiers et les pirates...

Rafe éclata de rire, manifestement rassuré par cette comparaison.

— Quant à devenir infirme, il n'en est pas question! J'ai décidé de former une coalition avec le Dr Byne pour te contraindre à passer sur le billard. Tu connais les enfants, ils veulent toujours jouer...

— De quels enfants parles-tu ?

— Des nôtres, Rafe. Tu verras, ils ne te laisseront pas un instant de répit : tu devras faire le cheval, jouer au football, leur apprendre à se tenir sur une bicyclette... Tu as intérêt à être bien solide sur tes deux jambes !

Elle sentit soudainement sa bouche sur la sienne, et ils échangèrent un baiser passionné.

Quand il se recula, le souffle court, il plongea les yeux dans les siens.

— En attendant que ces petits monstres nous accaparent, peut-être pourrions-nous songer à notre lune de miel, suggéra-t-il.

— Bonne idée, approuva-t-elle en battant des mains.

— Où aimerais-tu aller ?

Sans un mot, elle fit de l'index un geste circulaire, désignant le lit et les murs de la cabane.

— Ici ? s'écria-t-il, mi-sceptique, mi-amusé.

— Ici, tout simplement. Nous nous baignerons, nous lézarderons au soleil, nous ferons cuire des grillades sur la plage, comme Robinson Crusoé ; nous nous aimerons et nous vivrons nus comme des sauvages...

— Au fait, fit-il remarquer, n'est-ce pas ainsi que nous nous appelons ? M. et Mme Savage ?

Le nouveau visage
de la collection Or

◆

AMOURS D'AUJOURD'HUI

Afin de mieux exprimer sa modernité et de vous séduire encore davantage, votre collection Or a changé de couverture et de nom depuis le 1er mars 1995.

Rassurez-vous, les romans, eux, ne changent pas, et vous pourrez retrouver dans la collection **Amours d'Aujourd'hui** tous vos auteurs préférés.

Comme chaque mois, en effet, vous y attendent des héros d'aujourd'hui, aux prises avec des passions fortes et des situations difficiles...

**COLLECTION
AMOURS D'AUJOURD'HUI :**
Quand l'amour guérit des blessures de la vie...

Chère lectrice,

Vous nous êtes fidèle depuis longtemps?
Vous venez de faire notre connaissance?

C'est pour votre plaisir que nous avons
imaginé un rendez-vous chaque mois
avec vos auteurs préférés, vos
AUTEURS VEDETTE dans les
collections Azur et Horizon.

Les AUTEURS VEDETTE vous
donneront rendez-vous pour de
nouveaux livres vedette.

Pour les reconnaître, cherchez
l'étoile . . . Elle vous guidera!

Éditions Harlequin

HARLEQUIN

LE FORUM DES LECTEURS ET LECTRICES

CHERS(ES) LECTEURS ET LECTRICES,

VOUS NOUS ETES FIDÈLES DEPUIS LONGTEMPS?

VOUS VENEZ DE FAIRE NOTRE CONNAISSANCE?

SI VOUS AVEZ DES COMMENTAIRES, DES CRITIQUES À
FORMULER, DES SUGGESTIONS À OFFRIR, N'HÉSITEZ
PAS... ÉCRIVEZ-NOUS À:

> LES ENTERPRISES HARLEQUIN LTÉE.
> 498 RUE ODILE
> FABREVILLE, LAVAL, QUÉBEC.
> H7R 5X1

C'EST AVEC VOS PRÉCIEUX COMMENTAIRES QUE NOUS
ALLONS POUVOIR MIEUX VOUS SERVIR.

DE PLUS, SI VOUS DÉSIREZ RECEVOIR UNE OU
PLUSIEURS DE VOS SÉRIES HARLEQUIN PRÉFÉRÉE(S)
À VOTRE DOMICILE, NE TARDEZ PAS À CONTACTER LE
SERVICE D'ABONNEMENT; EN APPELANT AU
(514) 875-4444 (RÉGION DE MONTRÉAL) OU 1-800-667-4444
(EXTÉRIEUR DE MONTRÉAL) OU TÉLÉCOPIEUR
(514) 523-4444 OU COURRIER ELECTRONIQUE:
AQCOURRIER@ABONNEMENT.QC.CA OU EN ÉCRIVANT À:

> ABONNEMENT QUÉBEC
> 525 RUE LOUIS-PASTEUR
> BOUCHERVILLE, QUÉBEC
> J4B 8E7

MERCI, À L'AVANCE, DE VOTRE COOPÉRATION.

BONNE LECTURE.

HARLEQUIN.

VOTRE PASSEPORT POUR LE MONDE DE L'AMOUR.

ROUGE PASSION

De fiévreuses histoires d'amour sensuelles!

De provocantes histoires d'amour passionnées et romantiques qu'on lit d'une seule traite. Aventureuses, parfois humoristiques, et sensuelles, elles mettent en vedette des hommes et des femmes d'aujourd'hui.

ROUGE PASSION... quatre nouveaux titres chaque mois.

COLLECTION
HORIZON

Des histoires d'amour romantiques qui vous mènent au bout du monde!

Découvrez la passion et les vives émotions qu'apportent à la Collection Horizon des auteurs de renommée internationale!

Captivantes, voire irrésistibles, ces histoires d'amour vous iront ' assurément droit au coeur.

Surveillez nos quatre nouveaux titres chaque mois!

HARLEQUIN

En août, on vous tente avec un livre SUPER PASSION de la série Rouge Passion.

Les livres SUPER PASSION sont un peu plus sensuels et excitants, mais toujours l'amour triomphe des contraintes, de dilemmes et vient réchauffer votre coeur comme une caresse.

Une histoire SUPER PASSION chaque mois, disponible là où les romans Harlequin sont en vente !

RP-SUPER

Composé sur le serveur d'Euronumérique, à Montrouge
PAR LES ÉDITIONS HARLEQUIN
Achevé d'imprimer en décembre 1999
sur les presses de l'Imprimerie Bussière
à Saint-Amand-Montrond (Cher)
Dépôt légal   janvier 2000
N° d'imprimeur   2564 — N° d'éditeur   8011

Imprimé en France